青春梦红楼

李新霞 著

敦煌文艺出版社

图书在版编目（CIP）数据

青春梦红楼／李新霞著．--兰州：敦煌文艺出版社，2023.12

ISBN 978 - 7 - 5468 - 2460 - 4

Ⅰ．①青… Ⅱ．①李… Ⅲ．①诗集—中国—当代
Ⅳ．①I227

中国国家版本馆 CIP 数据核字（2023）第 216098 号

青春梦红楼

李新霞　著

责任编辑：张家骝
封面设计：人文在线

敦煌文艺出版社出版、发行
地址：(730030) 兰州市城关区曹家巷 1 号
邮箱：dunhuangwenyi1958@126.com
0931 - 2131579（编辑部）
0931 - 2131387（发行部）

三河市龙大印装有限公司印刷
开本 710 毫米×1000 毫米　1/16　印张 14.75　插页 2　字数 180 千
2024 年 1 月第 1 版　2024 年 1 月第 1 次印刷
印数：1~1000 册

ISBN 978 - 7 - 5468 - 2460 - 4
定价：58.00 元

古老的漱玉泉水清澈明亮
濯涤　涵养　映照
易安君的灵魂

引领着

那一颗诗心
追踪远祖的记忆

书写
百脉归一
秀逸天成

二〇二一年十一月

红楼梦——可以循环往复，又不断生长着……

目　录

目
录

一、意禅入静皆精华

《红楼梦》还有一个名字是《金陵十二钗》。亲爱的读者，你能马上说出她们的名字吗？

她们是黛玉、宝钗、晴雯、紫娟……

她们还可以是袭人、麝月、秋纹、小红……

她们在《红楼梦》的故事里，在作者的梦里，在你我的认知里，在大观园的世界里……

（一）潇湘冷傲因天真

黛 玉

娇凄一身病，
弱柳摇东风。
灵河有真身，
戚戚泪还清。

晴 雯

心明眼亮不容人，
嘴快性直话率真。
风流几时积幽怨，
落得驱遣和冤魂。

紫 鹃

杜鹃啼血留紫痕，
游廊露冷情深深。
不觉亲拭锦衣薄，
春闺犹怒语亦嗔。

柳五儿

身娇体弱清静心，
但借芳官得怡恩。

不料正遇偷窃事，
未见公子祸及身。

藕　官

电光石火山后面，
戏里戏外鸳鸯伴。
天人相见借清明，
泪落点点桃花片。

龄　官

蔷薇不遮姣妍面，
画蔷一字蹙春山。
怡红不解其中意，
梨香院内揭谜底。

金　钏

机灵又活泼，
红唇动心魄。
公子惺相惜，
性烈致身祸。

茗　玉

大雪压地三尺深，
柴院响动落玉人。
姥姥神思多奇异，
怡红念念已痴心。

张金哥

寒素偏生娇丽花，

凤凰飞于梧桐下。

今生痴痴唯一念，

香魂一缕赴天涯。

（二）蘅芜谨尽周全旨

宝 钗

杨妃美肌肤，
娇喘香汗出。
端庄有智识，
扑蝶心思漏。

袭 人

温柔和顺惹是非，
酥酪引出挑刺人。
无故排揎李奶奶，
寂寥风光是祸根。

麝 月

室内静静只一人，
姐妹欢娱她看门。
憨憨讷讷低不语，
反得公子惜恤心。

莺 儿

金柳黄莺自在啼，
手巧心细喜编织。

倚门把盏犹不去，
识得金锁对玉诗。

香　菱

粉装玉琢小佳人，
出落姣妍抢作亲。
辗转孤栖真应怜，
幸入大观寻诗篇。

蕊　官

殇于仙缘结情缘，
感动公子赞奇缘。
义愤总为友情故，
无路又结佛陀缘。

可　人

生小娇媚奴儿家，
无数难考谁记她。
几时寿夭魂未了，
惺惺相惜镜中花。

文　杏

玉蝶舞翩跹，
如雪蘅芜苑。
恋恋寻踪迹，
庭园鹤缱绻。

榛　儿

小小丫头哪里来，
叫着榛儿陪香菱。
如今英莲已出落，
正借真人省前情。

（三）枕霞风流侃脂砚

湘 云

性情率真最喜说，

偏偏叫着爱哥哥。

诗比林姐和宝姐，

醉卧芍药声不歇。

翠 缕

丝垂翠缕最大方，

姐妹二人论阴阳。

神彩麒麟金晃晃，

盛夏榴花楼楼上。

宝 琴

枕翠梅花雪，

玉瓶猩毡我。

江南风光秀，

怀古十吟哦。

葵 官

本行是武生，

又叫苇大英。

正对云儿意，

敢为真英雄。

玉　钏

金簪对玉钏，

姐妹命两济。

姐姐归太虚，

妹妹承福祉。

李　纹

红梅诗赋真情在，

传说遭际费疑猜。

府中忽作灯花爆，

一把水葱集齐来。

豆　官

蔓草绿，兰蕙枝，

姊妹山坡斗灵智。

蔓草黄，兰蕙香，

姊妹同把姨娘撞。

二丫头

乡野别样风，

怡红情不情。

缘分深与浅，

一瞬便永恒。

小 螺

红梅立雪捧画瓶，
香染酥手得秀灵。
银铃啼啭我本性，
报以大观颜色清。

（四）禅心入定知身谁

妙 玉

笼翠数枝梅，

凌寒绽香痕。

禅房不识客，

只会有情人。

岫 烟

人各有奇缘，

隔壁结妙缘。

寒素平常心，

珮玉配玉人。

芳 官

怡红寿诞她助兴，

赏花一句字字清。

樱艳桃红非自惹，

归于水月弃终生。

智 能

本来出绣闺，

落发成小尼。

何知加持释，
心底恋爱之。

李　绮

精华灵秀聚我家，
一如并蒂姐妹花。
有幸得玉天怜女，
但向池边寻草花。

檀　云

曾记品茗香犹在，
梳化龙飞紫云来。
他年找寻清丽影，
室霭缭绕意徘徊。

碧　痕

夏夜院内静悄悄，
碧玉未解痕未消。
怎与公子亲身近，
惹得晴雯多谤嘲。

四姐儿

名字相类实相远，
品貌可心人生怜。
正值贾母寿诞日，
走进大观赏天然。

傅秋芳

早过破瓜季，
芳妍欲攀枝。
终身倚哥哥，
才貌付水之。

（五）榴花开处照眼明

元　春

时下榴花红霞飞，
仪为福报贵为妃。
盛事如烹省亲际，
不见颜容见皇威。

抱　琴

玲珑必玲珑，
大气比馨钟。
浮沉何自主，
成败随尔同。

文　官

十二美伶谁最强，
巧于应变赛秋香。
清笛悠悠谱新韵，
发脱口齿清亮嗓。

四　儿

芸香生兰气，
蕙香便晦气。

宝玉动真气，
改名因赌气。

宝　官

又一美少女，
又善小生戏。
姐妹纷纷散，
有幸随父归。

玉　官

偏偏又是玉，
故事也迷离。
热闹怡红院，
可记那个你。

佩　凤

正当节令心情好，
跟随夫人入园笑。
姐妹原是同命鸟，
秋千墙里荡太高。

喜　鸾

寿诞随母进高门，
文弱袅娜拜众人。
得赏一乐老太太，
喜入大观见精神。

文 花

笛韵悠悠庆上元，

喉清嗓嫩花自怜。

借问清音来何处，

蝉歇莺妒会芳园。

（六）菱荷秋冷动情深

迎　春

懦弱是二姐，
好人她做得。
太上感应篇，
累凤她不解。

司　棋

二八女儿一枝花，
两小相伴那个他。
借问痴女谁得适，
枉付春心在潘家。

绣　橘

性辣人急像司棋，
为着累凤骂柱媳。
一意保护懦懦主，
终究陪侍运凄凄。

莲花儿

小小年纪心计多，
鸡蛋羹来做不做。

青春梦红楼

指赃为贼谁捣鬼，
二木头周遭人悍烈。

尤二姐

貌美性柔和，
丹心只一颗。
可怜命不济，
魄散琏二爷。

茄官

芦苇蒲草秋风泣，
素素秋心谁人知。
垂暮神情扮老旦，
却为青春正当时。

彩鸾

身影一闪即不见，
便生想象迷雾间。
彩霞彩云和彩凤，
再再查看有凤鸾。

彩云

明白简断人，
肝胆相照心。
却曾为哪个，
为盗清露因。

春 纤

玉蝶翩翩舞落花，

香痕点点染鲛帕。

纤手弄春意不尽，

正有旧绢送到家。

青春梦红楼

（七）梧桐叶厚风清冷

探　春

三妹探丫头，
女儿心豪壮。
命牵赵姨娘，
誓离这家乡。

待　书

扎手红香刺玫瑰，
牙尖齿利好口嘴。
伴侍女儿破篱落，
诗书化人得光辉。

翠　墨

一纸书笺思古篇，
说与公子来相见。
雨歇初愈人犹瘦，
墨晕花笺字未干。

秋　纹

送花到上房，
得赏得衣裳。

得意哈巴狗，
无故遭讪谤。

艾 官

天性如梗荷连枝，
如蒿似艾命苦兮。
青春样貌行老外，
大观寥落人何之。

偕 鸾

初蕊新瓣娇艳花，
憨憨痴痴随了他。
调笑无心言无忌，
栽黄自嘲随自家。

春燕儿

柳叶渚边莺燕咤，
怡红院里姐妹夸。
知人知面邻家女，
识理识趣一枝花。

佳 蕙

蕙质心灵巧，
人小心眼高。
蜂腰传心事，
借机怨心剖。

小 蝉

盛夏蝉儿唱不停，
梧桐月夜无息声。
无故也被人驱遣，
只好随和度今生。

（八）入画美人何太息

惜　春

工笔画得，

丫头舍得。

智能聊得，

青灯守得。

入　画

纤纤玉笔美图秀，

亭台楼阁工笔筹。

案旁随时勤辅助，

却为抄检绝情仇。

彩　屏

身影入画中，

跳脱见性灵。

设色犹随意，

花魂造化生。

尤　氏

锯嘴葫芦不担当，

里外和乐脸面庞。

有人作乱谁来管，
争眼闭眼任荒唐。

荮　官

妖娆小旦正年华，
戏里恩情认了她。
情窦今生为结偶，
可叹飞花向天涯。

茜　雪

枫露是清露，
公子为之怒。
裙裾染污渍，
天性怎甘辱。

绮　霰

只影亦显性自芳，
手巧专攻绘图样。
小红描样寻画笔，
一描一画见锋芒。

云　儿

曲儿缠绵信手拈，
哥哥妹妹互爱爱。
牵牛花下语喁喁，
蝶儿不来犹自开。

小　舍

叹父母双亡，
念终日彷徨。
自幼无人怜，
惨身边花黄。

（九）钗紫威风齐国志

王熙凤

衣着光艳似仙子，

不见来人闻声气。

谁个威风犹可比，

生于南省凤辣子。

平　儿

平和周正好品貌，

雌虎淫威犹嚣嚣。

智识博得容身处，

不卑不亢亦不骄。

鸳　鸯

鸳鸯鸳鸯不是双，

条分缕析她最强。

执意孤身与影伴，

不趋富贵心底殇。

琥　珀

又是一枝美人花，

晶莹宝润不需夸。

理事传话多清楚，

厅堂内外顶呱呱。

小　红

小红实是林红玉，

因讳宝黛隐个字。

嘴快心大凤姐喜，

一只荷包换高枝。

夏金桂

本来娇花仅一枝，

呆子悔娶河东狮。

庭前院落又称霸，

莲干藕败离桂枝。

秋　桐

想必娇艳花，

寒风吹皱它。

伶伶渐似落，

花痕谁人抓。

善　姐

叫着善儿竟这般，

明着暗里学作奸。

花妍难抵风波恶，

入得大观失颜色。

宝 蟾

得陇望蜀呆霸王，

卧榻之侧埋祸殃。

恨借河东任恣意，

一遭败绩皆仓皇。

（十）妍媚美眷误情深

秦可卿

怡红春梦醉，

缱绻有佳人。

卿卿我卿卿，

惊梦唤可卿。

尤三姐

朱砂檀口金莲翘，

绿腊酥胸玉坠摇。

天生唯我无尤物，

只因柳郎花魂消。

瑞　珠

遇瑞得珠好运人，

不意撞破宁府深。

迷雾重重我不解，

跟了夫人谢天恩。

宝　珠

世事难料定，

恍隔一梦惊。

铁槛誓为义，

相伴了此生。

嫣　红

娇丽嫣然正芳华，

鸳鸯不搭配老瓜。

此后命运何从计，

随意驱遣见落花。

鲍二家的

贾琏生事端，

隔窗闻缠绵。

凤姐庆寿诞，

鲍二哭阴间。

媚　人

一声急呼传出来，

公子唤名好奇怪。

梦里叫着哪一个，

不是姐姐不是我。

红衣女

粉妆玉润桃花红，

樱惭燕妒待字中。

多少灵秀出造化，

乡间夜游冰雪情。

多姑娘

野柴草干燎火旺，
不肖几个躲过黄。
风流横走加挑逗，
今夜琏二要疯狂。

青春梦红楼

（十一）无常人生需跳脱

李 纨

二十孀居家，

纺绩带兰娃。

只意供小子，

子成享荣华。

素 云

鸡豆莲蓬和藕瓜，

净白莹润都爱它。

朴素底色再装扮，

脂粉犹分谁主家。

碧 月

莺啼鸟啭语喧天，

颊绯腮赤怡红院。

不禁驻足羞带笑，

宾于寂寥伴稻花。

银 蝶

玉蝶如团扇，

轻舞会芳园。

寻芳犹自在，
自怜泪不干。

娇　杏

三秋霜艳遇贵人，
几分姿容也消魂。
回头两顾不经意，
命中注定成婚姻。

周瑞之女

嫩枝难抵大风寒，
世事洞明须周旋。
冷眼旁观皆从命，
豪门落败树根牵。

坠　儿

小红绢帕落哪里，
芸二爷　拾了去。
珍珠闪亮金灿灿，
把这金镯带家去。

良　儿

据说误拾不见人，
真真假假果与因。
谁人能解其中义，
公理婆理是玉心。

小　鹊

喜鹊立枝头，

公子有近忧。

风吹怡红院，

蕉叶雨打皱。

（十二）得巧生名运乡庄

巧　姐

凤姐好心情，

小女未得名。

借寿刘姥姥，

恰在七巧生。

雪　雁

生小在身边，

伶俐也能干。

为着月白祆，

推托说紫鹃。

青　儿

蓼红苇白经风寒，

他年救助成亲眷。

凡人无须传名字，

由自风吹由自干。

卍　儿

梦兆织锦连又连，

蓬牖绳床何曾见。

所幸借运取名字，
冥冥心思枉如烟。

丰　儿

午后醉花荫，
芭蕉亦迷人。
急忙摆摆手，
只是倚帘门。

靛　儿

是谁戏笑藏我扇，
问着姐姐可得见。
忽然正色语讥诮，
为何恼羞似这般。

炒豆儿

豆儿香，豆儿黄，
孤孤单单不见娘。
你来推，她给揉，
柔柔弱弱谁体谅。

小吉祥

月白小袄轻又暖，
穿在身上心会安。
绿水浮萍无依靠，
同病相怜有谁怜。

小　鸠

人小不经世事，
眼见便起争执。
不知又为哪般，
亲娘干娘争执。

二、缟仙扶醉跨残红

序：美中不足、好事多磨……人非物换、此消彼长、晨昏轮替、千古一梦……

你问……

可是那一回，

雪下抽柴

你冷冷的玩话

——宝姐姐"一扑哧" 笑了

你　默默看着

无语

可是　你竟不知……

　　　　　那个十七岁的你。

　　　　　那个十七岁的你

——让我如醉如痴

如今
你又淡淡地说着，
天下水总归一源
——宝姐姐默默不语

——那你
　　又何必
　　　　忙忙敬酒……

　　　　躲避

可是
你
竟不知
那个十七岁的你
——让我如醉如痴……

秋华犹识卿卿心
——有道是：
世上花儿千万种
春花娇艳最多情
妊紫嫣红好色彩
如何偏吟秋棠白

白，这白色是什么……
是冰雪？

是梨蕊？

是月窟仙人？

是缟袂？

是嫦娥？

是……

……梦甜香燃起，大观园孩子们的思维开始迅速运转、调动。

李纨在一旁提醒时间，四个人陆续交上答卷。最先完成的是探春，接着是宝钗。

宝玉看着大家陆续完成了，他再也顾不得看林妹妹了。说，我可管不得太多了……于是也速速抄好诗稿。黛玉看看大家都已经完成，梦甜香只有三分之一不到，便提笔稍事斟酌，然后毅然落笔，一挥而就……

秋爽斋燃香限韵咏海棠

忽又热闹在秋爽

棹雪扫花室生香

思古不妨来游戏

定韵限时咏海棠

迎春命人燃一炷"梦甜香"，这香仅三寸长，易烬。故以此烬为限，如香烬未成便输了，要挨罚。著名的曹子建大才子，当年的《七步诗》，就是限时而作，更确切的是限定步数完成的。在仿佛夺命利剑高悬之下，子建七步成诗，足见其八斗之才……

煮豆燃豆萁

豆在釜中泣

本是同根生

相煎何太急

子建说的就是那时他的所思所想，他的苦闷与不解！没有修饰、没有讲究的辞藻，就是大白话。可是他写出了天性的源头，我与今人看子建，正可谓"飘飖放志意，千秋长若斯"。

（一） 淡极始知花更艳

白如润玉的腮颊留下了痕迹……

可是

她并不哭

她只是

愁　多一些

她只是没办法

让泪不落下来

她只是没有办法

让腮颊不留下

痕迹

（二）月窟仙人缝缟袂

几时不见卿卿面，

如何有心在闲闲，

别人都快交手稿……

你、你……是怎么样？

……

君之情意卿可知

分分不见惹相思

此情可待今生愿

试看庭树藤缠枝

……倏忽

你知道她就在那里

你却看不见她

你感觉到她在

你却抓不住她……

（三）多情伴我咏黄昏

仿佛间：

一个男儿身

要冲破藩篱

　　　　逃离

远远地、远远地走开

　　　　　寻自己的天空

（四）却喜诗人吟不倦……
幽情欲向嫦娥诉

呵……

云妹妹你可真是讲故事的好手

两首诗

讲了两个故事

两个故事里

有两个人

——噢，不！

实际是一个故事

说的是一个人

那个故事说昨天"神仙"来了。云妹妹这里说的"神仙"实际可以换成"仙人"——仙女！或许她就是嫦娥吧！

她不能是狐仙吗？对！小倩。

小倩是谁？

古灵精怪的……

一心钟情的表哥进京"国考"，小倩不舍，她也要助哥哥一臂之力……她把自己留在家里"病"着，真身（灵魂）跟着哥哥走了……

几年的发奋图强、悬梁锥股……
哥哥功成还乡

小倩一声叹息，病体自愈
——呵！

阴历九月，秋氛渐进……日未落山时天就阴下来，一时，淅淅沥沥下起雨来。

秋霖脉脉
黄昏渐渐
雨滴竹梢
益觉凄清

知道宝钗不能再来，黛玉便在灯下随便拿了一本书，却是《乐府杂稿》——"乐府"在手……黛玉读着手中的诗，不觉心有所感……

亦不禁发于章句，遂成《代别离》一首，拟《春江花月夜》之格，乃名其词曰《秋窗风雨夕》。

（五）可记秋夕雨淋漓？

《红楼梦·代别离·秋窗风雨夕》林黛玉

秋花惨淡秋草黄，耿耿秋灯秋夜长。

已觉秋窗秋不尽，那堪风雨助凄凉！

助秋风雨来何速？惊破秋窗秋梦绿。

抱得秋情不忍眠，自向秋屏移泪烛。

泪烛摇摇爇短檠，牵愁照恨动离情。

谁家秋院无风入？何处秋窗无雨声？

罗衾不奈秋风力，残漏声催秋雨急。

连宵脉脉复飕飕，灯前似伴离人泣。

寒烟小院转萧条，疏竹虚窗时滴沥。

不知风雨几时休，已教泪洒窗纱湿。

01

秋花惨淡秋草黄，耿耿秋灯秋夜长。

已觉秋窗秋不尽，那堪风雨助凄凉！

秋，

夜来了

暗　暗，

那花、那草、那摇曳的灯……

模糊成一片

······

是什么时候

窗，淋漓的珠

   滑落　滑落

  映出那面庞

一双似泣非泣含情目

    一道道雨痕？抑或一行行泪······

秋夜

  灯

照不见

摇摇曳曳

   珠泪

   已化作一丝

——幽怨

02

   助秋风雨来何速？惊破秋窗秋梦绿。

   抱得秋情不得眠，自向秋屏移泪烛。

   泪烛摇摇爇短檠，牵愁照恨动离情。

淅淅沥沥

这风雨　怎么这么急？

就来了

刷刷　刷刷　刷刷······

敲碎了我绿绮样的梦啊

——再不能回去！

你看

……摇摇的灯烛　早已化成珠泪

可怎么回得去

可怎么回

可怎么

可怎

雨　淅淅沥沥　敲打我窗

浑厚低沉的声音　盘旋萦回

记忆中那飘落的雨啊……

03

谁家秋院无风入？何处秋窗无雨声？

罗衾不奈秋风力，残漏声催秋雨急。

连宵霢霢复飕飕，灯前似伴离人泣。

急急切切……

到处有风声　处处听雨急

无眠的夜晚啊……

冷　冷　从心底里来

锦衾愈冷　丝丝雨急　飕飕风喉　这无眠的夜啊

残漏声催

只影作伴

04

寒烟小院转萧条，疏竹虚窗时滴沥。

不知风雨几时休，已教泪洒窗纱湿。

是不是天快亮了？

烟笼雾弥无声无息

冷竹寒窗滴滴沥沥

无情的风雨啊……

泪眼蒙胧看不清了……窗纱的湿

……

　　　　……

宝玉

出走。

——那是一个秘密

于头一天就吩咐茗烟：明日一早出门，备下两匹马在后门等

着，不要别人跟着——宝玉早有计划，只是不让别人知道。李贵都

不让跟，除了那个机灵的茗烟——说是去北府（北静王府）。

神秘兮兮，不许人去找，横竖就回！

宝玉出走

——正要冷清清的地方

天亮了，

　　只见宝玉遍体纯素

宝玉、怡红：你那么爱热闹、爱红……

（六）为谁……

一身纯素

　　　你为谁？

　　　到底为谁？

——茗烟是忘记了，他曾经一整天，跑出去找一个庙：里面塑着一个叫茗玉的女孩儿。

宝玉不会忘——今天正合了心事。

01

泥像生神怡，

惊鸿犹稀奇。

不觉有触动，

默默化泪滴。

02

怡红藏心事，

茗玉君可记。

只心为倩女，

那时已痴痴。

03

寻庙东北角，

孩童索骥找。

哪里有美女，

那像厉鬼貌。

04

只可慢慢找，

难为刘姥姥。

人老记忆差，

或可有蹊跷。

05

今日冥冥意，

忽见洛女姿。

哪里是神女，

正为心底思。

06

有如蛟龙姿，

飞凫丽水溪。

灵步微微动，

映日霞光驰。

——你这到底是为谁？

一大早，你从角门出来，一语不发跨上马。一弯腰，顺着街

就趔下去了。

——多轻巧、伶俐。

茗烟只得快马加鞭赶上问："往哪里去?""到底是往哪里去?"……

——噢，宝玉，我也想知道你去哪儿?

"出去了冷清清，没有可玩的去处。"

——茗烟小鬼头! 就知道玩。

"正要冷清清的地方才好!"

宝玉出走

在井沿

清丽的光

光闪烁金的波纹　串连成一支金发簪　晃动着　模糊了视线……

——燃一炷香

一个荷包

两星沉素

轻轻

一缕幽香

缥缈

寻觅故乡

遇见

有幸结缘

宝玉出走

——一身纯素

这一身纯素

是心情出走

　　　　向往清净

这一身纯素

是标举美善

　　　　告祭灵秀

这一身纯素

是肆意反讽

　　　　消解空虚嘈杂

这一身纯素

是无言的抵触

　　　　摒弃繁缛俗套

这一身纯素

是一颗清泪

是一种心情

是一段挽歌

是一个象征

——是白海棠在金秋的风韵里奏出的冷冽的主调

清纯了石中清溪、树头红叶……

三、正是轻寒傲鹤影

寒塘渡鹤影，冷月葬花魂。我看见金庸笔下的东方不败和李秋水的相遇，其精彩对决、画风之盛，耐人细味。

——颦儿、云儿中秋联句

三五中秋夕，（黛玉）清游拟上元。

撒天箕斗灿，（湘云）匝地管弦繁。

几处狂飞盏，（黛玉）谁家不启轩。

轻寒风剪剪，（湘云）良夜景暄暄。

争饼嘲黄发，（黛玉）分瓜笑绿媛。

香新荣玉桂，（湘云）色健茂金萱。

蜡烛辉琼宴，（黛玉）觥筹乱绮园。

分曹尊一令，（湘云）射覆听三宣。

骰彩红成点，（黛玉）传花鼓滥喧。

晴光摇院宇，（湘云）素彩接乾坤。

赏罚无宾主，（黛玉）吟诗序仲昆。

构思时倚槛，（湘云）拟景或依门。

酒尽情犹在，（黛玉）更残乐已谖。

渐闻语笑寂，（湘云）空剩雪霜痕。

阶露团朝菌，（黛玉）庭烟敛夕楷。

秋湍泻石髓，（湘云）风叶聚云根。

宝婺情孤洁，（黛玉）银蟾气吐吞。

药经灵兔捣，（湘云）人向广寒奔。

犯斗邀牛女，（黛玉）乘槎待帝孙。

虚盈轮莫定，（湘云）晦朔魄空存。

壶漏声将涸，（黛玉）窗灯焰已昏。

寒塘渡鹤影，（湘云）冷月葬花魂。（黛玉）

（一）黛玉与湘云

分曹尊一令　射覆听三宣

骰彩成红点　传花鼓声连……

——大观园的节日气氛……热闹的游戏……

是游戏、是情绪……

　　是情绪自然的流动

　　是情感自由自主的生发

　　是生命情怀的表达……

　　因为自主所以真诚

　　因为自由所以灵动

　　因为真诚所以纯净

　　因为灵动所以惊艳……

　　发于游戏止于情怀

　　形于活泼成于通达

01

　　颦儿、云儿五言排律"十三元"的韵，共做二十二韵，出现以下"韵"字……元、繁、轩、暄、媛、萱、园、宣、喧、坤、昆、门、谖、痕、楮、根、吞、奔、孙、存、昏、魂。

"十三元"

真巧，第一次诗社开张，就以"十三元"开韵……迎春、惜春不善作诗，就做了社长助理，一个限韵，一个监场。

迎春道："既如此，待我限韵。"

看看，那时迎春是如何限韵的？

（迎春）说着，走到书架前抽出一本诗来，随手一揭，这首竟是一首七言律诗，递予众人看了，都该做七言律诗。

迎春掩了诗，又向一个小丫头道："你随口说一个字来。"

那丫头正倚门立着，便说了个"门"字。

迎春笑道："就是门字韵，'十三元'了。头一个韵定要这'门'字。"

说着，又要了韵牌匣子过来，抽出"十三元"一屉，又命那小丫头随手拿四块。

那丫头便拿了"盆""魂""痕""昏"四块来。

最初作诗定韵，细节讲得很仔细，可以做学习作诗的"大纲"。

02

湘黛对诗：

信手拈来定诗骚，

海棠开社志趣高。

诗余闺阁写壮气，

脂粉英雄竞挥毫。

（二）颦儿、云儿联句——青春的游戏

三五中秋夕，（黛玉）清游拟上元。

撒天箕斗灿，（湘云）匝地管弦繁。

几处狂飞盏，（黛玉）谁家不启轩。

轻寒风剪剪，（湘云）良夜景暄暄。

三五，十五，是说八月十五中秋佳节。上元，上元节，正月十五。黛玉以眼前事起句，湘云用元宵节对出。

开篇，用"秋夕""箕斗""管弦""飞盏""启轩""轻寒""良夜"写日月星辰、弦管杯盘、启户歌欢、晓风清寒、良夜美景……以中秋之月起，用天、地、人、景。

大场面铺陈，湘黛不相上下。

01

青春生命里的色彩与活力，且看：

争饼嘲黄发，（黛玉）分瓜笑绿媛。——争饼、分瓜（吃）

香新荣玉桂，（湘云）健茂色金萱。

蜡烛辉琼宴，（黛玉）觥筹乱绮园。——琼宴、觥筹（喝）

分曹尊一令，（湘云）射覆听三宣。——分曹、射覆　游戏（玩）

骰彩红成点，（黛玉）传花鼓滥喧。——骰、传　游戏（之乐）

两人不约而同地写人的活动，在金辉耀庭、烛照绮园的热闹中"吃""喝""玩""乐"，欢愉忘情。节日的热闹、喧天的鼓点、迷乱的游戏还是掩盖不住青春的朝阳之气……

"香新荣玉桂，色健茂金萱。"

新、荣、健、茂，是生机盎然的新生命的气息，蓬蓬勃勃、青春朝气、无法掩饰的亮丽之美。

02

回归：真相一……

晴光摇院宇，（湘云）素彩接乾坤。
赏罚无宾主，（黛玉）吟诗序仲昆。
构思时倚槛，（湘云）拟景或依门。

一个"晴"、一个"素"使乱花迷眼的景象陡转，"构思""拟景"又跳开"乱""滥"之境，周围一下子就安静下来。两个女孩子玩着自己的游戏，那是"构思时倚槛，拟景或依门"。不与那热闹相干！

"晴光""素彩"是月色、月光、月华，又是青春的描画："晴""素"让你看到青春的炫美、靓丽，不需要装饰，自来就惊艳！

正是：
清水出芙蓉，天然去雕饰。
逸兴横素襟，无时不招寻。

"晴光""素彩"句，又是一个很好的过渡

——直接从"骰彩""鼓滥"乱花迷眼、声色犬马的乱象中抽离，她们看到的是什么？

酒尽情犹在，更残乐已谖。

渐闻语笑寂，空剩雪霜痕。

是天空地静、夜深声歇、月色如银、光华似霰的静谧

是万物晕染了一层薄雾轻霜的茫茫然

是放眼望去，"白茫茫大地"——"空剩雪霜痕"的寥寂

此时，好像忽然有一个悲悯的力——一个画外音

酒尽……情……犹……在……

空剩……雪……霜……痕……霜……霜……雪……雪……霜……（白茫茫大地）

一个苍凉的声音回荡在空宇，悲悯、空阔地回响……荡着，荡着，荡，荡，荡……

03

来来来，莫遛号，这里的故事有蹊跷！

……

阶露团朝菌，（黛玉）庭烟敛夕楣。

秋湍泻石髓，（湘云）风叶聚云根。

宝婺情孤洁，（黛玉）银蟾气吐吞。

药经灵兔捣，（湘云）人向广寒奔。

犯斗邀牛女，（黛玉）乘槎待帝孙。

虚盈轮莫定，（湘云）晦朔魄空存。

壶漏声将涸，（黛玉）窗灯焰已昏。

寒塘渡鹤影，（湘云）冷月葬花魂。（黛玉）

04

真相二：我（黛玉）向哪里去？

……

阶露团朝菌，（黛玉）庭烟敛夕楯。

秋湍泻石髓，（湘云）风叶聚云根。

宝婺情孤洁，（黛玉）银蟾气吐吞。

翚儿大赞"庭烟敛夕楯"，赞湘云"楯"字用得好。说，"促狭鬼"……真个把好的留在了后头……云儿"促狭"何及翚儿……这里反被翚儿揶揄……或可以认为是称赞呢！

——实际"促狭"不"促狭"不重要，重要的是雪芹把这个"楯"字给了湘云……

宝姐姐深知其理。

以下引自雪芹与湘云的对话：

雪芹：云儿，"楯"怎么念？什么意思，我不懂……（有点小狡黠！）

云儿：幸而昨日看了《历朝文选》见了这个字。

湘云真是个爱读书的孩子！手不释卷、爱读书、爱思考，好奇心强。不使之有才，神明也不答应！

云儿：我不知何树，要查一查，宝姐姐说不用查，这就是俗话叫的"明开夜合"的合欢树。我信不及，到底查一查，果然不错。

雪芹：你高！

湘云也评价：还好，只是下一句又溜了，又用星辰日月作搪塞了。

湘云是说林姐对出的"宝婺情孤洁"一句。湘云有点得意自己的优势了，只看见"宝婺"二字，没见"情孤洁"。

这个"孤"是什么？是写谁？是的，颦儿加力了……她在找寻……

一个"楛"字出来，就可以说有一个人的故事说完了。

或者说，两个人的结局出来了……看官可要诧异？
嗯？你以为是在说颦儿和云妹妹？

不，不是的，是云妹妹和宝姐姐！

那林妹妹呢？

明明是云儿和颦儿在联句，怎么反倒是说宝姐姐和云妹妹？

所以可以确定，诗词是《红楼梦》文本的重要组成！它们揭示人物（女孩子）的性格、命运、结局，不可或缺，是读懂《红楼梦》、开启"红谜"这个巨大迷宫的钥匙。

我更愿意称之为"秘钥"！

【注：楉（hūn）1. 合楉：木名。一名合欢。落叶乔木，叶夜间成对相合，花淡红色，木材红褐色，纹理直，结构细，可制家具、枕木等。】

噢，林妹妹！
只你一个，你不孤单吗？
向来这样，就习惯了

05

真相三：林妹妹

联诗里有图有真相……罄儿、云儿联句：

阶露团朝菌，庭烟敛夕楉。

弄明白"楉"字，不过多停留，可以过了，

秋湍泻石髓，风叶聚云根。

看云儿的"秋湍"句，说什么？

秋湍泻石髓

一幅唯美的秋水击石图!

秋瑞天青,一股清流弯转着奔流而去,在石罅间冲击着;飞花泻玉……奏着"空空咚咚"的鸣响。

云儿的诗情激发着……荡出美妙清音。

颦儿赞叹不已,又不甘屈居……

早已预料到的事,一旦明白挑开,人还是要有瞬间的抽空、失衡……显然那个事实的突然降临还是击到了颦儿,心被狠狠地击碎,让她瞬间不能自已,人那一刻是一具"空壳"……这样颦儿给出下一句"风叶聚云根"。

"云根"是巨石下面,云朵容易聚集的地方。比之云儿的"石之溅花飞玉","风叶句"简直可以说,混沌不像,大失水准啊!

颦儿!你要加些气力!

宝婺情孤洁

在找寻……"我从哪里来?"此时的联句,再也不是小孩子的游戏了,这种比试,最终形成一种较量和逼迫。不是对外,而是向内的找寻(发掘)。

终究是什么、怎么样……

所谓情怀、见识、气度、胸襟……彼时须一一呈现，高低自见、强弱自明。

人生终究是一个自我寻找与回归的路径。实践，还是有捷径的，就是回溯，就是"我从哪里来？"

颦儿好像天生就有这种智慧。所以湘云说她"搪塞"时，她并不理会，也不急于解释。

（三）寻找来时路……

颦儿（自问）：我是谁？

回看：宝婺情孤洁。

那是神女的宫阙；

那是情深意重、痴痴一念的执着；

那是孤单的思念，一个人的传说；

那是高士清客，那是心远地自偏的追索。

这不是写一个身世孤独、性情高傲、有精神洁癖、深情的、不入流俗的形象吗？

这不就是颦儿（自画像）？这不就是颦儿的精神画像吗？

似乎颦儿在追忆：

宝婺情孤洁，人向广寒奔。

犯斗邀牛女，晦朔魄空存。

壶漏声将涸，冷月葬花魂。

……

翾儿的联句中的意象：

嫦娥灵药守宫阙

牛郎织女隔年期

一个被抽空了的灵魂

滴滴壶漏，渐行渐弱……似干涸，泪水将尽……人将离去……

“侬今葬花人笑痴，他年葬侬知是谁？”——冷月葬花魂

本以为，帮助找到翾儿的来踪去往，便“万事大吉”。可是，不知为什么，写完最后一句，却有东西郁在胸中，吐不出，化不掉……

问题出在哪里？这“郁结”到底是什么？

翾儿被激发出惊艳的光彩……但，她终究不属于这个俗常的世界，她只属于她自己……她的寻找与迸发也只属于她自己。

云儿的可爱与真诚是看得见的。她仰佩于林姐姐的别样风流，敬服于宝姐姐的多识出众，只不记自己的豪放率真、才气横溢。

其实，云妹妹才是我们身边看得见的才女。大方阳光、真诚热情……她是她那个圈子里闪亮的星——她以自己的星光辉映着群星璀璨……人们便见到更加耀眼夺目的光彩。

云妹妹有一种激荡的力，是青春永恒的魅力，在她身边的人被感染，被激荡着、鼓舞着，发掘着内在……

（四）云儿与颦儿的比试，
正是棋逢对手……

湘云妙句一出，给了颦儿一个震动，其后的反应即见分晓。

颦儿，病弱的外在藏着一个强大的精神内核。接下来出现的，就是颦儿的本真……我觉得，这简直是在欣赏两位武林高手过招，云儿一招"溅玉飞雪"，颦儿似被一击，瞬间"屏幕空白"，接着便见一袭清风，有白衣仙子，扶摇直上。

惊艳的林姐姐！

原来两人"画风"不搭！

云儿，如果是林中一鹤，林姐姐就是月宫嫦娥。不过没关系，云儿本是可以变身"狐媚""良女""仙娥"……若需要，样样来得。

看看下面的联句便可知：

宝婺情孤洁，银蟾气吐吞。
药经灵兔捣，人向广寒奔。
犯斗邀牛女，乘槎待帝孙。
虚盈轮莫定，晦朔魄空存。

壶漏声将涸，窗灯焰已昏。

寒塘渡鹤影，冷月葬花魂。

可见，林姐姐的"宝婺"形成"画风"转换，直接从中秋节的喧嚷、繁华俗世的纠葛中游离、秒变，到了宁静的虚幻，林姐姐引领了二人的"对决"。

你再看，云儿在林姐姐的"画风"里并不弱，所谓"客场风采"，云儿本来就有强大的内心。

两个孩子，面对清风朗月、笛韵桂香……兴致来了，开始她们最擅长的联句。她们联诗作对、遨游空宇，与日月星辰对话，与天地万物交流，气象恢宏、自信满满……可是，那是什么？在水塘苇叶间，在动……

"你看，那河里怎么像个人在黑影里去了，敢是鬼吧?""可是又见鬼了。""我是不怕鬼的，等我打他一下。"

不用说，必定是云儿，爽利活泼。性情里随时可见男孩子的胆气和淘气。

于是弯腰拾起一块小石片，向池中打去……这是最真实的生活画面了：小时候，常常就坐在水边，看着哥哥和他们的小伙伴玩这个"打水花"的游戏。

他们先准备一些石片、瓦片，好像选薄一些、边缘锋利的最好。打水时，要侧弯着腰，向水面用力、迅速甩出石片，才能打得开、出得远，石片如蜻蜓点水般，在水面上点出足够多的"水花"……

云儿弯腰拾了一块石片……向那池中打去，只听打得水响……一个大圆圈将月影荡散复聚着几次——画境……真美！只有纯净的胸襟才能领略世间真境！

只听那黑影"嘎"一声，飞起一只白鹤——噢！原来是它！石片飘出……就听"噗……噗……噗"，水上不停点开一个接一个的水圈儿，荡开、荡开……摇晃着……摇晃着……

复聚几次——正是云儿的游戏。

一声水响。
只见一袭白影直冲云霄。
——仿佛灵魂破茧而出，寻那花香果硕的芳草地归去兮……

壶漏声将涸

夜深了，滴漏欲尽，声音愈低……仿佛河里的水即浅、灯将熄……
——颦儿，你是？

鹤鸣于九皋，声闻于野。

于是……

萧韶九天，

凤凰来仪。

皇皇宏宇，

其享乐矣。

天地祈福，

歌舞咏兮。

又听是：

若有人兮山之阿，被薜荔兮带女萝。

既含睇兮又宜笑，子慕予兮善窈窕。

乘赤豹兮从文狸，辛夷车兮结桂旗。

被石兰兮带杜衡，折芳馨兮遗所思。

余处幽篁兮终不见天，路险难兮独后来。

表独立兮山之上，云容容兮而在下。

杳冥冥兮羌昼晦，东风飘兮神灵雨。

留灵修兮憺忘归，岁既晏兮孰华予？

采三秀兮于山间，石磊磊兮葛蔓蔓。

怨公子兮怅忘归，君思我兮不得闲。

山中人兮芳杜若，饮石泉兮荫松柏，

……君思我兮然疑作。

雷填填兮雨冥冥，猿啾啾兮狖夜鸣。

风飒飒兮木萧萧，思公子兮徒离忧。

……

（五）高手对决，方可成就"惊艳"……

寒塘渡鹤影，冷月葬诗魂。——（程乙本）

雪芹有时是个急性子，像个孩子——对，对，是宝玉的心性！自己设局，马上就解密，唯恐别人猜不出，不理他，不和他玩了。

——原来中秋良夜，珍大哥听见的莫不是"鹤鸣"之声！

你道：
正为玄幻作阶梯，
仙侠缟袂是情痴。
曾经历世只一念，
泪尽已返归灵溪。

四、飞花聊聊入轻梦

青春，成就共同的梦——爱将笔墨逞风流

片片雪花，

轻轻落下。

红香缭绕，

那处流霞。

芦广静谧，

欲待精华。

江雪恰助，

辞赋人家。

——邢岫烟、李绮、李纹、薛宝琴简直是从天而降的姐妹十个，一场别开生面的诗词大联欢开始了。

（一）青春与赞美诗

宝玉倏忽，醒来……朦胧中听到箫管齐奏、歌声唱响……影影绰绰、姹紫嫣红、长袖款款……竟似在哪里见过一般，一时又想不起来……只好迟疑行进，又不能自主……正是：

……方离柳坞，乍出花房。

但行处，鸟惊庭树；

将到时，影渡回廊。

仙袂乍飘兮，闻麝兰之馥郁；

荷衣欲动兮，听环佩之铿锵。

靥笑春桃兮，云堆翠髻；

唇绽樱颗兮，榴齿含香。

纤腰之楚楚兮，回风舞雪；

珠翠之辉辉兮，满额鹅黄。

出没花间兮，宜嗔宜喜；

徘徊池上兮，若飞若扬。

蛾眉颦笑兮，将言而未语；

莲步乍移兮，待止而欲行。

羡彼之良质兮，冰清玉润；

羡彼之华服兮，闪灼文章；

爱彼之貌容兮，香培玉琢；

美彼之态度兮，凤翥龙翔。

其素若何？春梅绽雪。

其洁若何？秋菊被霜。

其静若何？松生空谷。

其艳若何？霞映澄塘。

其文若何？龙游曲沼。

其神若何？月射寒江。

应惭西子，实愧王嫱。

奇矣哉，生于孰地，来自何方？

信矣乎，瑶池不二，紫府无双。

果何人哉？如斯之美也！

（二）青春的乐园

——可见诗和远方

那是理想之地

……

那里青春自在

那里想象飞翔

那里是诗意的乐土

那里有美丽的景观

那里的花朵烂漫夺目

那里的孩子尽情欢笑

那里的天空是纯净的

那里的孩子是简单的

那里可以开怀大笑

那里可以自说自话

那里你是你自己……

那里是青春的乐园

——青春的欢歌和赞美诗

第五十回　芦雪广争联即景诗　暖香坞雅制春灯谜

——青春的乐园，有诗和远方

联诗是大观园孩子们的游戏，也是生活的一部分。在诗中可以看见每个个性鲜明的生命互见、互教，互相影响，感悟不一样的个体，感受不一样的存在，想象没有经历过的人生，想象不能去的地方……

——这是一个自我教育的过程。

联诗游戏的第一句出自不读书的凤姐："一夜北风紧。"竟是一个大开局，李纨接句"开门雪尚飘"，直入雪景主题。接下来的顺序是：探春、李绮、李纹、岫烟、湘云、宝琴、黛玉、宝玉、宝钗——联诗由易而难。

顺序安排真是有讲究：由初学者开始，水平由一般到高深……中间是李绮、李纹、岫烟、宝琴，宝琴是客，给安排在中间，后面有黛玉、宝玉和宝钗。宝玉不是后几个人中的高手，有谦让的意思了，也安排在几个高手中间——有趣的顺序安排。

这个顺序只一轮，就让湘云、黛玉、宝琴打乱了。可见，高手是挡不住的！一场联诗争霸赛随之展开。

（三）诗的盛宴正当时

01　凤丫头

一夜北风紧

凤姐，联诗第一人，竟然是不读书、不识字的人——这就有些意思了。大家正准备开始，凤姐来了，笑道："你们可别笑话，我只有一句粗话，下剩就不知道了。"——何其坦率！

"我想着下雪必定刮北风，昨夜听见一夜的北风，我有了一句：一夜北风紧——凤姐开句粗犷、直白、直接，有一种开创的意味！宽泛又通俗！后面的接者很容易选取合适的角度。这句一出，大家都笑了，道："正是会作诗的起法。不但好，留了多少地步于后面。"

原来诗和学问没有关系，也不是读书人、知识分子的专属！她是一种心情、一种情结、一种感受和体验。但凡有，就可以写出诗来！

02　李纨

一夜北风紧，开门雪尚飘……

一夜北风，第二天一大早，宝玉起来发现，大雪已经下了一夜，这时仍是扯棉搓絮，漫天飞舞……

"开门雪尚飘"接得自然、平顺，又是写实。正如李纨的性格与为人。她接下来出句：

入泥怜洁白

"洁白、晶莹"的雪，落到在地上给染污了，真是让人怜悯、疼惜啊⋯⋯

这是说什么？又是说谁？当你看到接下来对句的人，你会惊叹，曹公的构思之"奇"。

03　香菱

恍然大悟！呆呆萌萌、善良执着的孩子，你从哪里来：入泥怜洁白，不正是这孩子的写照？

联诗刚刚开始，从平实入诗，用韵、选字相对容易。香菱的诗词写作课应该刚刚结业，风格研究课才开始，安排香菱接句实在高明！菱姑娘对出："匝地惜琼瑶。"

入泥怜洁白，匝地惜琼瑶。

一组工整的对句。白雪入污泥，真是令人痛惜不已！菱姑娘，竟是自喻，却不自知！

美好被践踏，多让人疼惜——莫不是"出淤泥而不染，濯清涟而不妖"？可不是吗？

菱姑娘还有更多的人和更多的事，要去想、去做，只管一味愁苦叹息也无益！所以菱姑娘给出一句："有意荣枯草。"

这雪飘飘落下，她不是可以滋润土地，滋养、繁荣地上的小草、小花？来年的生机盎然正需要它们呵护啊！

就像菱姑娘自己——她怎么样，她不管，只想着她身边的人：宝姑娘、薛姨妈的恩德，甚至那个抢了她，就放在一边，不管不顾的呆子！

是滋养、是回报……

04　香菱

你从哪里来？菱姑娘，你是谁？

第一回："惯养娇生笑你痴，菱花空对雪澌澌。好防佳节元宵后，便是烟消火灭时。"

甄士隐，神仙一流人品，老来得一女儿，粉装玉润，疼爱有加，名唤英莲。女儿英莲四五岁上，元宵佳节看灯去，丢了。家业从此败落……

菱花空对雪澌澌

这"菱花"？这"雪"？……看着雪，有人恰到好处地接道：有意荣枯草，无心饰萎苜。

说"有意"，竟是"无心"！

有和无，人生无常，这孩子正身在其中！说无心者，正是执着……

05　古典诗词的对仗

从个体、具象向对称、抽象扩大……它将抽离，向着整体、无极放射，正如：

有意荣枯草，无心饰萎苔。

有意与无心。
表达了生命的对立与无穷，体现了生命的意义与哲学。

推而观之是体现更广大的对立美学，其间存在互换和转化。

自然界花草的荣枯、世间之事的成败、生命的来去——"有心栽花，无心插柳"。

"有意荣枯草，无心饰萎苔"的对仗与转换更表达了人物丰富的生命内涵。

06　探春

香菱出上句："有意荣枯草。"
探春接下句："无心饰萎苔。"

把这两个人放在一起看，你会发现什么？

这是两个命途、性格迥异的孩子。

青春梦红楼

香菱，出身仕宦之家，娇生惯养、备受宠爱，但幼时惨遭不幸、命运多舛。

探春，生母卑微、处处受辱，自己屡受牵连又无能为力，却是国公后代。

香菱，际遇的不幸、曲折，并不影响内心的温暖和诗情画意。她痴痴呆呆地沉浸在自己的世界。

香菱，爱着她的爱，执着着她的执着，所以她就有"有意荣枯草"的心境。

探春，身为名门闺秀，她常常处于生母赵姨娘给她带来的辱没和刺激之中，无法摆脱命运的捉弄，过早地感受到了人情冷暖。所以，年纪很小，探春的情感已经很成熟。

探春冷静、自知。她的世界现实而又严肃，没有想象的空间。

探春是理性的，她"无心饰萎苔"。

眼前的世界让人窒息，只有打破这个禁束，才能换一个新的环境，所以她说："莫谓缟仙能羽化，多情伴我咏黄昏。"终究要离开这个地方，如男儿一样立一番事业，以此明志。

生命形式的两极，作一个对照呈现，恰到好处！其中哲学意涵值得品味。

探春情感成熟、冷静、现实，她不寄希望于眼前。所以她再出句：“价高村酿熟。”

直接写眼前的生活。这大雪天，天寒地冻的！喝酒的人多了吧？酒钱也要涨了？

看看，多现实的想法，和生活息息相关。

07　李绮

李绮，大观园的客人。

探春的写实，倒是一个很好的过渡和“待客之道”。

这个写实有一种缓冲和意趣，客人都是会写诗的，这是探春亲自了解的。而作为发起人，要叫上这几位美人联诗游戏，凭探春的个性，她一定会写很郑重的请柬邀请。

设想，现在以联诗的形式邀请第一个客人——李绮。你一个“高调”起来，不知客人如何，好像是个“下马威”，那就出笑话了。“价高村酿熟”这种平实的过渡，感觉很生活、平和、友善，主客之间立刻消解了距离感，对方好发挥，可以轻松接下去，完成联诗。

于是，李绮对：“年稔府梁饶。”

啊，年节到了，府库里的粮食满满堆放着，可以安心过个好年了！李绮的对句，正是说着年节的问候与客气，这也是一种礼貌和回敬。刚到人家家里作客，说客气话，也是礼节的需要，何况大雪冬至，正是年节将至！

价高村酿熟，年稔府梁饶。

生活实景，有一种落地的踏实感！……

隆冬大雪纷飞，
屋外窗棂刷啦。
府库粮满仓囷，
室内酒酿熟香。

你会想到什么？
噢——
绿意新醅酒，
红泥小火炉。
晚来天欲雪，
能饮一杯无。

不喝酒，饮料哪挡得了雪气？李绮还相当浪漫呢！想象力足够丰富。给出一句："葭动灰飞管。"

冬至。
大雪纷飞，坐在小火炉边，饮上一杯。噢，还有饺子，还有你！人生何求？
李绮，诗人气质堪赞！

08 李纹

李纹，大观园的第二个客人。李绮的姐妹。姐妹两个，前后出对。

李绮："葭动灰飞管。"

李纹："阳回斗转杓。"

上句用"葭动"写节气，冬至。

下句用"阳回"写季节，春阳。

李纹的诗人气息偏于自然。又出句：

"寒山已失翠。"

大雪覆盖，远处早已白雪皑皑，看不见颜色了。雪，越下越大。

一大早，宝玉还见远处苍松翠柏，这时已经看不清了。雪大起来了，天也暗下来了……

葭动灰飞管，阳回斗转杓。

芦节律动、葭管声微，黄钟大吕的冬令之季，正是北斗七星回旋之时；杜甫《小至》说："吹葭六管动浮灰"，阳气复回，天气渐渐转暖了……

冬天来了，春天真的不远了。

姐妹俩偏于天文星象的对句，实在是新鲜有趣，又给大观园的孩子们扩大了视野和想象的空间。原来，她们不仅仅拥有诗画一般的园子，还有头上那辽阔浩渺的天空……

09　岫烟

寒山已失翠，冻浦不闻潮。

"冻浦不闻潮"是联诗第七人岫烟给出的对句。"冻浦"对"寒山"，诗人从眼前之景推开出去，到达看不见的江河湖海；由"山"而"水"，诗歌的对仗带动想象的扩大，由此及彼，有诗有远方。

岫烟又出句："易挂疏枝柳。"

回到眼前，写雪飘啊飘的，轻轻落下，挂满落尽绿叶的疏条上。一种简素、澹然，常见、普通的景色！不注意就被忽略了，轻描淡写真像岫烟自己——还记得吗？大雪纷飞的时装秀场？别人或着大红猩猩毡，或着丝毛编织的大毛外罩，或着紫貂……只有她，穿一件家常的袄褂，并没有外罩，寒素瘦削、躲在众人的后面……

（四）间小结（论即景诗的结构）

01

香菱是第一组的高峰（诗的初始）。

以探春之前三人作一组，香菱的表现非常出色。直接用眼前所见、实景、实情入诗，通过上下句的对仗、互文、转化，达成诗歌深化的意涵；探春的"无心"对香菱的"有意"恰好创造了意想不到的对立、互换的判断和哲学的趣味……

02

探春的过渡不可或缺。

探春起一个衔接和带动的作用，这正是探春个性使然。探春知道自己不擅长作诗，但是她身边有那么多诗人、奇才，她的作用就是把这些人联系在一起，集各人之力，做好一件事。

第二组就是探春邀请的客人李绮、李纹和岫烟（诗的过渡）。
诗人个性渐露端倪……因为是客人，可以想见，其才情不会有全部展现和释放，似乎有些拘谨……可见三人个性属平顺、温和型，这一组是湘云一组的对比色。

青春梦红楼

其中，岫烟的表现不一样，稍有个性彰显。从近"山"见远"浦"、由远景之大再回归近景之微，有些捭阖的意蕴，为后面几人诗情的爆发作了一个小序曲、铺垫。

（五）第三组湘云、宝琴、黛玉

01

可见，芦雪广即景争联诗表现最突出的是湘云、宝琴、黛玉这三人。如果说岫烟一组风格可以用淡白、淡青、淡绿的淡色调概括的话，那么湘云一组这三人就是极具个性风格的红、黄、绿的纯色调。

02

首先，宝玉是在上一组中间做一个平衡、对比；宝姐姐是一如既往地表现稳健、持守；最后是李纨、李绮各一句结束，整组联诗就像一首结构完整的合奏音乐会：初始（前奏）、行进、发展、高潮（华章）、尾声。

（六）诗的盛宴正当时　湘云来了，宝琴来了，黛玉来了……

——三个精灵般的人物（场面一下子就热闹起来了）

你看：

　　……　　　（湘云）难堆破叶蕉。
麝煤熏宝鼎，（宝琴）绮袖笼金貂。
光夺窗前镜，（黛玉）香粘壁上椒。
斜风仍故故，（宝玉）清梦转聊聊。
何处梅花笛，（宝钗）谁家碧玉箫。
鳌愁坤轴陷……

难堆破叶蕉

湘云一进入，诗歌一下子由拘谨、小心翼翼变得大胆、开放起来，"难堆破叶蕉"这句一出，是不是大家要笑场了？这云儿眼里，什么都可入诗——破败零落的芭蕉叶，上面看不见多少雪花的影子——什么都是诗！

自在的云儿，洒脱的云儿。

01

诗的盛宴正当时　宝琴

湘云说："麝煤熏宝鼎。"

噢——天冷，烟墨都结住了，要在炉上烤融化，才能写字。诗书之家，女孩子也能识文断字，这是云儿的生活，宝钗、黛玉、宝玉都熟悉呀！

还记得吗？潇湘馆的对联："宝鼎茶闲烟尚绿。"

宝琴更妙，就写她刚刚上身那件大衣"凫靥裘"，出句："绮袖笼金貂。"

宝琴是华丽、活泼的。宝姐姐也有这样的生活，但受环境影响，她绝不会把云儿写的那些写到诗歌里。宝姐姐说，女孩子本来就不能以吟诗、作赋为主业，要在针线、女红上下功夫。

02

宝琴是自主的，再出上句："光夺窗前镜。"

这真是现成又自然的情景，雪地白亮亮的光，晃得人睁不开眼，窗前的那面梳妆镜都被照暗了。

富贵人家的女儿的注意力，在自己的服饰、装扮上，所以宝琴笔下最先有这些文字，华丽、活泼，也细腻，有小女儿的心思。

宝琴接下来出对的是黛玉——不得不赞！作者的匠心、巧思。

小女孩黛玉也有同样的生活、同样的心思，却更高更远。

宝琴的"光夺窗前镜"，现成！
黛玉给的更现成："香粘壁上椒！"
简直绝妙。

美人是诗。
即景即画。

03

诗的盛宴正当时　黛玉（其一）

光夺窗前镜，香粘壁上椒。

门旁的墙壁上挂着一串串红艳艳的大红袍（我更喜欢把那想象成红艳热烈的辣椒），真是诱人又香美！

椒房美人。诗句中没有写色彩，我们却真真切切地感受到了热烈、香美的气息和韵致……

细腻如斯，
心思缜密。
现成的景、现成的图画，言为近前，意指远方。

言有尽、意无穷啊……

琉璃世界，红色是最耀眼的风景

大雪纷飞，不喝酒何妨！

红香素食汤：辣辣的、美美的。

喝上一口，其妙何哉！

诗的盛宴正当时　黛玉（其二）

香粘壁上椒

——正是女儿心思椒房吗？

馨香萦绕谁可为伴

飞扬的雪，轻轻荡啊荡

飘啊飘的

如花

如絮

如影

如魂

静静飘去

——遥远的故事里

原本有你

可是怎又不见身影

斜风仍故故

风起处，只有雪

片片飞花翻卷时，
正是卿卿寄情思。
斜风故故何相似，
一缕幽香化入诗。

04

诗的盛宴正当时　宝玉

黛玉出："斜风仍故故。"
宝玉对："清梦转聊聊。"

——小心翼翼地

像梦
天冷，孤寂
梦也不成
你听

何处梅花笛

——长夜漫漫，无眠的夜

还是

太静，想得太切

有了幻觉？

清梦转聊聊。何处梅花笛？

——宝哥哥，你你这诗句……

这诗句，何其眼熟！

明明是害了相思病的孩子

——你倒是快些！

05

诗的盛宴正当时　宝钗

宝兄弟出："何处梅花笛。"

宝姐姐对："谁家碧玉箫。"

何处梅花笛，谁家碧玉箫。

——何其工整！这就是宝姐姐！

作诗就作诗，对仗、工整、规矩，一丝不乱。又出句："鳌愁坤轴陷。"

这雪，厚厚地积了一层，会不会让那负重的神兽支撑不住？可不是要山峦崩摧，地隔坑陷？

直接把宝兄弟的思路打开，另立新场！

宝姐姐，守拙。诗句里才见她的精神长相：大气象啊……显然，与宝兄弟道不同。

这一结，以宝姐姐的"鳌愁坤轴陷"结束。

联诗以宝姐姐结句打开视野、再立开端。

湘云、宝琴正可大显身手、一展诗才，黛玉信手拈来，一如既往的清奇高古，在二人之间，如舟行水上，发挥自如。

06

回看，并继续：

……（湘云）难堆破叶蕉。

……（湘云）加絮念征徭。

……（湘云）海市失鲛绡。

我们发现，每一结的开始都是以湘云起，一、难堆破叶焦；二、加絮念征徭；三、海市失鲛绡。

从眼前之景到野岸孤舟，从想象中的盘蛇别景到边塞传说，从海市气象到人鱼故事，云妹妹的视域相当开阔。

（七）争联即景诗

01

林妹妹的现成句，倒是宝玉接得容易。接下来就是云妹妹的主场——一人大战众美。

……　　　（黛玉）剪剪舞随腰。

煮芋成新赏，（宝玉）撒盐是旧谣。

苇蓑犹泊钓……

刚刚说完，湘云已经等不及推着宝玉"下去吧"，自己来……

（宝琴）林斧不闻樵。

伏象千峰凸，

湘云完全兴奋起来了：

（湘云）盘蛇一径遥。

花缘经冷聚，

宝姐姐又赞！探春看不过了，也来：

（探春）色岂畏霜凋。

深院惊寒雀，

湘云正欲联，无奈口渴喝水的空儿，岫烟抢了一句：

（岫烟）空山泣老鸮。

阶墀随上下，

湘云再来，与黛玉、宝琴共舞：

……　　（湘云）池水任浮漂。

照耀临清晓，（黛玉）缤纷入永宵。

诚忘三尺冷，（湘云）瑞释九重焦。

僵卧谁相问，（宝琴）狂游喜客招。

天机断缟带，（湘云）海市失鲛绡。

……

02

"龙斗镇云销"之湘云

看官注意到了吗？到宝姐姐给出"鳌愁坤轴陷"一句时，大家联句已经循环一轮，凤、纨、菱、探、绮、纹、岫、湘、琴、黛、宝、钗整十二人。

不知是不是作者有意，十二生肖轮回，那年宝玉住进大观园时十二周岁。接下来，就应该从第一个开始了。

凤姐声明在先：只有一句"一夜北风紧"，下面就不知道了……大家联句时，她人早跑了，忙她的去了。

我宣布，李纨大嫂请出句，"我替你们看热酒去。"

又跑一个！这样跑怎么行？

四　飞花聊聊入轻梦

103

"琴儿，你来！"宝姐姐话音刚落对句就有了：

龙斗镇云销

这里云妹妹已经对上！是云妹妹抢在琴儿前面！（还以为是琴儿呢）

宝姐姐出："鳌愁坤轴陷。"
云妹妹对："龙斗镇云销。"

宝姐姐说，地上负重之巨鳌。
云妹妹对，天上斗云之飞龙。

宝姐姐说，雪好大！雪压地轴鳌难负！
云妹妹对，雪如盖！龙销云片见如来！

宝姐姐，有气象！立开端！
云妹妹，势豪壮！争联诗！

云妹妹又给一句："野岸回孤棹。"
另一个紧跟其后的高手早已按捺不住

03
宝琴来了。

"吟鞭指灞桥"之宝琴

才女亮相直指灞桥！

宝琴这句最棒！"指"有气势，"吟"字最漂亮！

我们说"吟诗"，这里是"吟鞭"！正是"鞭"提升了"吟"字的意蕴、气势！

当年陈綮，被问及诗思在何处，对曰："诗在灞桥风雪中，驴子背上。"正是：

灞桥风雪故人来，犹记当时长亭外。
飞雪寒山离人远，唯见湾头处处白。

灞桥风雪夜、离人犹不归……"野岸"风雪交加，偏于一隅的渡口，孤舟自横，对景对情——令人不胜唏嘘！

04

吟鞭指灞桥

这句我来——云妹妹你可看见？

因为陈綮的故典，"诗在驴子背上"。

"吟鞭"就有了落处；"吟"字的气势和意涵变得饱满、充盈。

"吟鞭指灞桥"读来有一种悲壮感！再看上下对句：

（湘云）野岸回孤棹，
（宝琴）吟鞭指灞桥。

上句，对句重点落在动词"回"字上。"野岸""孤棹"一个"回"字有寥落之感，意境就有了。

下句，落在"指"上，刚一读到"指"就觉得好，有气势；再读，就想到一句诗"指点江山"！特别前面那个"鞭"对动词"指"的影响力——"鞭指"！

故人未归、离人久别，是一种悲叹的情绪；加上"吟"这个动作，"吟鞭"，英雄儿女气壮山河的气势迎面而来。

从字字、词词的对应上看，湘云句里只一动词"回"，宝琴一句用了两个动词"吟""指"，似乎越格，前面黛玉老师的"不以词害意"在这里就可以派上用场了。所以琴儿的对句不仅好，而且意涵丰满、气势壮阔，堪为佳句！

总之，云儿的"野岸"句，完全被琴儿的"吟鞭"句压住。

云妹妹，你可知道？你该怎么办？

05

吟鞭指灞桥

宝琴出句："赐裘怜抚戍。"
接下来你以为是谁？

云妹妹对句："加絮念征徭。"

对照上下句："加"对"赐"，"絮"对"裘"，"念"对"怜"，"征徭"对"抚戍"，风雪边关，士兵得到犒赏又加薪。一一对应，再工整不过了！云妹妹，你最棒！再出句："坳垤审夷险。"

大雪下了这一天，大地白茫茫一片，坑坑洼洼的路面都也看不见了，你走上去，可要注意了，危险就在这看起来平平整整的地方呢！

既是生活的又是哲理的，这是宝姐姐的偏爱。宝姐姐连连赞好，马上有一句："枝柯怕动摇。"

树上压了厚厚的雪，不能轻易碰触："皑皑轻趁步。"

好像雪地里，是谁披着大红羽纱的披风，远远地走来……
翩翩舞随腰

呃，可不是林妹妹吗？摇摇的……

（八）三美与诗

01

黛玉。黛玉的诗，见诗见精神

林妹妹高古清奇，林妹妹的诗会将我们带到一个久远、深幽的世界。

颦儿天生的品性中有一种游离的，与世俗隔膜的东西。敏感、自知、通透、冷静、纯粹、决绝又个性自我、不受拘束……

天性诗里有一种执着、天然、纯净之美——天生的诗性。

黛玉虽没有宝琴五湖四海游历的经历和见闻，也没有云妹妹广泛涉猎诗书古籍的阅历和见识，也没有她们二人的活泼好动、健康热情，但这恰恰让颦儿成为真正的、个性鲜明、有独特魅力的诗人。她的诗风传承有序，自陶渊明以降，以自然为本，表现出来的是本性、独特与美，带着一种久远的忧伤和挥之不去的愁绪。

斜风仍故故

无风犹脉脉

剪剪舞随腰

——单弱，有一种冷。

香粘壁上椒

沁梅香可嚼

缤纷入永宵

——内心深处的幽微，有谁能探到？

02

宝琴。宝琴的诗，见诗见远方。

宝琴正是我们当今最流行的、说走就走的旅行家。她行万里路，诗里都是她亲眼所见的世界；宝琴是那个时代见多识广的女孩儿，她的诗才正是广博的见证。环境的影响、性格的活泼、经历的丰富，真要感谢她有一个思想开放、不受传统痼疾牵绊的父亲。

赤壁交趾钟山述

淮阴广陵桃叶渡

青冢遗迹马嵬坡

蒲东寺前梅花落

03

湘云。见诗见风格。

湘云没有宝琴的见闻，但她和黛玉一样，有着诗书之家的深厚底蕴，又与黛玉不同，她能集众家所长，逞魏晋之旷达，着竹林之不拘。云儿诗中明显体现着：变化、多姿，不随流俗，豪爽、放达，不拘一格。正所谓"是真名士自风流"。

云儿的诗中亦见远方，那是"书中自有黄金屋，书中自有颜如玉"的远方。她好读书，好奇心强，直率、开朗、大方、豪迈，她有着丰富多彩的内心世界。

　　联诗正启发了云儿的内在潜质和她机敏、不羁的个性。
　　接下来才是云儿的大戏！

（九）真名士自风流

01

联诗到最后，大家的激情都被激发了。湘云的热情感染了全场，探春、岫烟抢着联，宝钗不停点赞，也禁不住联上一两句。湘云笑着、抢着，不停要茶要水，人人都笑她……

激情之处，并不相让。场上只有宝琴、湘云和黛玉三人，所谓高手过招、步步为营、互不相让，精彩纷呈。

02

湘云直接把宝玉推下去自己联句，湘云分别接住以下几个人出的上句：宝琴、岫烟、黛玉，其中接宝琴的句最多。可谓：读万卷书当行万里路！

看：

（宝琴）伏象千峰凸，（湘云）盘蛇一径遥。

（岫烟）阶墀随上下，（湘云）池水任浮漂。

（黛玉）诚忘三尺冷，（湘云）瑞释九重焦。

（宝琴）天机断缟带，（湘云）海市失鲛绡。

（黛玉）寂寞对台榭，（湘云）清贫怀箪瓢。

（宝琴）烹茶水渐沸，（湘云）煮酒叶难烧。

（宝琴）埋琴稚子挑，（湘云）石楼闲睡鹤。

（宝琴）月窟翻银浪，（湘云）霞城隐赤标。

（宝琴）或湿鸳鸯带，（湘云）时凝翡翠翘。

湘云可谓真名士！博学杂收、博取众家之长，性格豪放、自由洒脱、不受拘束；敏感、聪慧处不如黛玉，反应和多变处要强过黛玉；高深、精妙处不如黛玉，博取杂收处强过黛玉。

这种联句检验的正是思维的敏捷、反应的迅速和储备的广泛，这都是云儿的强项。云儿大获全胜！正应了自己那句"是真名士自风流"！湘云对句中涉及的经典对应，足见其视野之广。且看：

"盘蛇"对"伏象"；

"九重"对"三尺"；

"海市"对"天机"；

"霞城"对"月窟"；

"鸳鸯带"对"翡翠翘"；

"清贫怀箪瓢"对"寂寞对台榭"；

"煮酒叶难烧"对"烹茶水渐沸"；

"池水任浮漂"对"阶墀随上下"。

云妹妹给联诗交响乐奏出了最强音！李纨大嫂的退出，将安排好的顺序打乱了。湘云抢联，宝琴不甘，探春、岫烟、宝姐姐纷纷争联……

——湘云对出"海市失鲛绡"，她要再出上句，还没等再出句，那里黛玉已经等不及了，直接出句：

寂寞对台榭

湘云对：

清贫怀箪瓢

宝琴出：

烹茶水渐沸

湘云对：

煮酒叶难烧

这个节奏，别人再难跟上。湘云带动三人奏响了联诗的最强音。那时，世界属于这些孩子们——真美！

（十）联诗正当时

十几人共同完成一首诗，这本身就有游戏的意味。只是这游戏是和诗、平仄、对仗联系在一起，是比拼智力的游戏；游戏中，气氛热烈、情绪激动、感情饱满往往最能激发人的天性和本真。个人的储备、见识、反应速度会在那一刻集中爆发，人兴致盎然，往往会奇峰突起、妙趣横生，完成一场既休闲又益智的娱乐，也不失为一场寓教于乐的头脑风暴。

最后大家总览，又是宝玉落第——挨罚（尾声），栊翠庵访妙玉乞红梅。

（十一）乞梅栊翠庵

01

"我原不会联句，只好担待我罢。"

"也没有社社担待你的。又说韵险了，又整误了，又不会联句了，今日必罚你。"

忽然觉得"整误了"用得有意思，过去一直不能理解，大概应该是类似我们常说的"整晕了""整蒙了"的意思吧！我以为这里就是李纨对宝玉开了个小玩笑——社社排在最后，每次你都有理由又"整误了"，又什么什么……

几次诗会没有特别说要罚，这一次李纨专门说罚。要宝玉去扫地？"我才见栊翠庵的梅花有趣，我要折一枝来插瓶，可厌妙玉为人，如今罚你折一枝来！"（哈哈，在这里等着呢！）

大嫂子确有她的智慧和技巧，值得点赞！

众人道："这罚得又雅又有趣。"

宝玉更是乐得，说话就走！

02

"外面冷，你且吃一杯再去。"湘云、黛玉一起说话。湘云执壶，黛玉递一个大杯，斟满一杯。湘云笑说："吃我们这杯酒，你要取不来，加倍罚！"

宝玉悻悻地走了。

"好生跟着。"李纨提醒跟着的人。

"不必，有人反不得了。"还是黛玉明白。

一只插梅花的美人耸肩瓶，注了水，准备插花。湘云的兴致不减，说，一会儿花来了，我们又该咏红梅了，这会儿我先作一首——简直就是停不下来的节奏啊！

（十二）芦雪广即景诗"趣解"——之最

一夜北风紧，开门雪尚飘。——最写实

入泥怜洁白，匝地惜琼瑶。——最怜惜

有意怜枯草，无心饰萎苕。——最哲理

价高村酿熟，年稔府粱饶。——最生活

葭动灰飞管，阳回斗转杓。——最玄妙

寒山已失翠，冻浦不闻潮。——最冷寂

易挂疏枝柳，难堆破叶蕉。——最实景

麝煤熏宝鼎，绮袖笼金貂。——最绮丽

光夺窗前镜，香粘壁上椒。——最女儿

斜风仍故故，清梦转聊聊。——最清冷

何处梅花笛，谁家碧玉箫。——最日常

鳌愁坤轴陷，龙斗阵云销。——最厚重

野岸回孤棹，吟鞭指灞桥。——最霸气

赐裘怜抚戍，加絮念征徭。——最正对

坳垤审夷险，枝柯怕动摇。——最奇对

皑皑轻趁步，剪剪舞随腰。——最曼妙

煮芋成新赏，撒盐是旧谣。——最美食

苇蓑犹泊钓，林斧不闻樵。——最独处

伏象千峰凸，盘蛇一径遥。——最具象

花缘经冷聚，色岂畏霜凋。——最妙想

深院惊寒雀，空山泣老鸮。——最空寄

四　飞花聊聊入轻梦

117

阶墀随上下，池水任浮漂。——最无依

照耀临清晓，缤纷人永宵。——最专注

诚忘三尺冷，瑞释九重焦。——最难解

僵卧谁相问，狂游喜客招。——最问答

天机断缟带，海市失鲛绡。——最缥缈

寂寞对台榭，清贫怀箪瓢。——最清寒

烹茶水渐沸，煮酒叶难烧。——最热情

没帚山僧扫，埋琴稚子挑。——最情境

石楼闲睡鹤，锦厨暖亲猫。——最暖心

月窟翻银浪，霞城隐赤标。——最动感

沁梅香可嚼，淋竹醉堪调。——最香美

或湿鸳鸯带，时凝翡翠翘。——最美饰

无风仍脉脉，不雨亦潇潇。——最深情

欲志今朝乐，凭诗祝舜尧。——最祷祝

五、槎枒谁惜诗肩瘦
——访妙玉乞红梅与宝玉

欲寻高士去，一径隔溪幽。岸润浮鸥水，沙平落雁秋。携琴情得得，载酒兴悠悠。不便张皇过，轻移访戴舟。

——张宜泉

要求"世法平等"的宝玉，在初雪的栊翠庵得到了寒香扑鼻的俊影，一枝，无树枝，飘逸的寒香，给大观园、给芦雪广、给那些姐姐妹妹最满意的奖赏……

（一）序

击鼓催作诗

正是宝姐姐的话说到了点子上。黛玉、湘云两个斟酒给琴妹妹，被宝姐姐说穿，这两个又要找哪一个戏弄？是的，宝玉！宝哥哥（爱哥哥）正是不二人选。

这两个小妮子，今天实在高兴——显然，她们的能量还没有完全释放出来——就像段誉，那内力突然被激发，无法收纳，东突西奔须找一个出口释放才可——宝玉成了她们的目标。一会儿，制灯谜时两人还有好看的！

这会儿，宝玉，是躲不开了！宝玉说着，想好的已经被吓忘了。

湘云来了，手里拿一支铜箸，击着，并看着香炉燃一炷香，笑道："我击鼓，鼓绝不成，又要罚！"

"我已有了！"

黛玉执笔，笑道："你念，我写。"

两个丫头已经等不及了！

击鼓催诗篇（且看宝玉的诗）

湘云命题：访妙玉乞红梅

黛玉笔记"酒未开樽句未裁，寻春问腊到蓬莱。不求大士瓶中露，为乞嫦娥槛外梅。入世冷挑红雪去，离尘香割紫云来。槎枒谁惜诗肩瘦，衣上犹沾佛院苔。"

（二）访妙玉乞红梅

宝玉这孩子很有意思，从来看姐姐妹妹的诗，兴致盎然。一到他自己，总是磕磕绊绊，不是完不成就是唬忘了。有时还要"枪手"帮忙。

这次总算是完成了，还不得誊录。于是，黛玉执笔，湘云执箸，宝玉念诗，黛玉边记录边点评。

这是一个有趣的场面：

黛玉评诗：
酒未开樽句未裁，
起得平平；
寻春问腊到蓬莱。
有些意思了；
不求大士瓶中露，为乞嫦娥槛外梅。
凑巧而已。

入世冷挑红雪去，离尘香割紫云来。槎枒谁惜诗肩瘦，衣上犹沾佛院苔。

这两句刚刚记下来，不及评论，外面传："老太太来了！"

这诗怎么样呢？倒留下一个未知……

宝玉的《访妙玉乞红梅》诗。

怎么解？嗯！有些难度。

须看黛玉的解读。

没有解读的两句，黛玉会怎么看？

宝玉写了什么？

从雪芹的角度解读呢？

（三）宝玉的《访妙玉乞红梅》诗

黛玉未待评论：

入世冷挑红雪去，离尘香割紫云来。槎枒谁惜诗肩瘦，衣上犹沾佛院苔。

我们权且当一道例题，老师已解一半，剩下的由学生自己来做，好吧？

入世冷挑红雪去，离尘香割紫云来。

对得好！（"红雪""紫云"正是写"梅"之色……"入世""离尘"点出"花"之质）不俗。

"槎枒"句立意犹可。（道出对养花人的怜惜，宝玉一向怜香惜玉。）看官可看出以上不过是模拟黛玉老师的口吻？

黛玉老师评论简洁、严格。

（四）《咏梅》诗篇大多写
香、冷、艳、奇……

梅柳夹门植，一条有佳花——奇
晋·陶渊明《腊日》

寒梅最堪恨，长作去年花——冷
唐·李商隐《忆梅》

故作小红桃杏色，尚余孤瘦雪霜姿——艳
宋·苏轼《红梅》

梅须逊雪三分白，雪却输梅一段香——香
宋·卢梅坡《雪梅》

（五）访妙玉乞红梅

宝玉说了什么？

01

酒未开樽句未裁

宝玉说，我这诗还在酝酿、构思中，还没来得及好好润色呢。正如一场聚会，助兴的美酒还没有打开！

直接写自我感觉，说我还没准备好呢——闲散富贵之人的一贯表现，一笑！

寻春问腊到蓬莱

我专门到那样一个地方——蓬莱，寻找春色、找寻美好——让人联想主人的身份，含蓄地点出。

02

访妙玉乞红梅……

这个标题是湘云定的，也算是宝玉在完成命题作文。除标题之外，并没有这样、那样的要求：什么"任务驱动"一类的，让人不知所云的条件！

命题里不说，就是没有吗？

那"访""乞"不就是任务吗？

也关涉人——妙玉。

03

宝玉怎么开篇？

酒未开樽句未裁

"任务"来了，我这里还没准备好呢！

这就是宝玉！别人忙着，他最爱看热闹，最爱操心——"无事忙"！事到临头，自己抓瞎。

先从自己写起，这是个最有效、最可靠的办法。在那一时一刻自己的内心、自己的感受，只有自己最清楚。

起笔如何（选择角度、视野，或是高调先声夺人、低调理性推进，或是不走寻常路），这些取决于个人认识、储备和自我的训练——宝玉偏于自我的诗词训练，这是代儒家师深知的，也是老爸贾政暗自引以为荣的。显然，这个"任务"对宝玉很适合！

04

寻春问腊到蓬莱

"任务"来了，我有了。

"蓬莱"啊，那是传说中的神仙圣境。那里的梅，（品质）必然是最好的！

这里有不同的理解：也许别人根本就不这么看，或不以为意。
那就要相信自己，"我选我自己"！

宝玉非常自信地把那里认作"蓬莱"。
所以黛玉老师点评"有些意思"！如果是黛玉老师，她一定也这么想。

一种精神上的极致追求"不求大士瓶中露，为乞嫦娥槛外梅"。——我只为"要那里一枝漂亮的梅花"！明确"任务"即为"乞梅"！——点题。很妙！

"蓬莱""嫦娥"是积累的运用，对于待"访"之人，又有一种夸赞之意，对方心里一定很受用，可以想见，离完成任务就不会太远了。

05

入世冷挑红雪去，离尘香割紫云来。

对句真美！

清凉犹在
幽香抚鼻

天青如水

地白似镜

你不见，那不远处：宛若落霞紫气，正氤氲缥缈……

真神仙之所：宝玉！宝玉！

也有"深将绛雪点寒枝"

胭脂一般

装扮着冰雪中俏丽的身影

隔着纱雾

你只想更仔细地看清她

又有"踏天磨刀割紫云"

闭上眼睛！

你眼前仍是绵绵的落红样的雪雾

扑面而来的冷香

你就忍不住了

——难，何惧！我仍宝刀不老！

你看：

"入世""离尘"正是离群索居的特殊之境；

"红雪""紫云"是梅之鲜艳、迷人之色。

这里的梅枝自然是静美难得呵！

那是什么？

是谁？

在走近、走近……

——缭绕的雾

06

槎枒谁惜诗肩瘦，衣上犹沾佛院苔。

——这不就成了吗？

槎枒斜倚，
冰雪盈枝。
吹酒凝脂，
扶醉霞霓。
枇翠诗肩，
佛苔犹沾。
凌寒愿乞，
佳人亦痴。

——任务圆满完成。嗬！好俊的梅花。

只见，高二尺不足，横斜五六尺。
蟠螭虬枝，
凝蕊装点。
浮香淡淡，
清凉生烟。
——美！

从黛玉老师讲诗到香菱学诗，

从湘云讲风格到菱姑娘入诗社；

从大观园来了一大波精华人物到雪景争联诗，

从宝玉乞红梅到三咏红梅花；

——这么"大功率"地放送，再爱诗的人，也"审美疲劳"了吧？

那梅花——

淡淡的香，
清清的凉。
妆染寒枝，
微醺似醉。

是为惊艳！高明的转换！大家禁不住把注意力转移到花上。

这时候只有两个人不依不饶——湘云、黛玉。前番我们就说过，这两个人的能量被激发了，不得好好释放呢！宝玉成了二人一致的目标。

作者设计了"一个"有趣的氛围（之一），"二美"烘托（之二），还要"炉瓶三事"（之三）参与。

刚刚《咏红梅花》三首，怎么出来的？你注意了吗？

宝玉的《访妙玉乞红梅》怎么推出的？

一句一句推到你（读者）眼前！

为什么？

湘云对"炉瓶"

手把铜箸

击鼓催韵、香熏欲待

黛玉作"二件"

走笔誊录

逐句点评

——这哪里是让你看诗

可谓

声色情辞

丝丝入扣

这明明就是一个特别的场面，等一佳人出现！不是吗？

众人皆夸赞那梅

其间小枝分歧

或如蟠螭，或如僵蚓，或孤削如笔，或密聚如林

花吐胭脂

香欺兰蕙

"寻春问腊到蓬莱"

——人杰地灵

入世冷挑红雪去，离尘香割紫云来

——蓬莱仙子飘然而至……

08

宝玉访妙玉……

妙玉——这梅！

大观园一大波精华人物。李纨大嫂看热酒去了，少一人！
你看，妙玉来了，还是十二人！

——未见其人，已觉其香。

那大雪，搓棉扯絮般地飘洒。怡红小哥，披蓑戴笠走在玻璃
盒子样的大观园里，一阵幽香拂面而来。回头便见不远处，妙玉
的栊翠庵门前，那数枝红梅如胭脂般映着雪色，显得格外精神。
哦，妙玉！不可不见！

09

——妙玉，我们可识？

十七回，未见其人，只闻其事。

文墨极通，模样儿又极好。这孩子自小多病，所以带发修行。

王夫人道："自然骄傲些，就下个帖子请。"

四十一回，但见其人，知其傲娇。

我不吃六安茶。
知道，这是老君眉。

这是俗器？不是我说狂话，只怕你家未必找得出这么一件俗器来呢！

又寻出一只九曲十环一百二十节蟠虬整雕竹根的一个大盏。
你可吃得了这一盏？
——吃得！
有吃的，还没有这些茶糟蹋呢！

岂不知，一杯为品……
饮这一盏，你可成什么了……哈哈！

四十九回，不见其人，但觉孤高。

大嫂忙忙嘱咐，好生跟着……黛玉一旁拦住，不必，有人，反不得了。

——这梅，何其美艳，何其幽香，何其奇绝，何其怪诞！

妙玉来了。哦不！她的花来了。

——宝玉独自专访，见到了！

雪芹，你可以继续我们的故事了？
是的。

10

黛玉才写毕——槎枒谁惜诗肩瘦，衣上犹沾佛院苔。

就听见传——
"老太太来了！"
大家纷纷出来迎接。

——这雪，真是让人兴奋。老太太觉天短，不睡午觉，找孩子们来了：
"我来凑个趣儿，你们刚在做什么？"
"有作诗的，不如作些灯谜。"

（六）精华难掩

一行从夹道东门出来，只见粉妆玉砌……
你们看啊……谁指着那山坡……

噢！正是雪琴！
老太太不禁赞叹！

你看这人品，再配上这件衣裳，像什么？

老太太房里挂的仇十洲的《艳雪图》！

前代仇英，号十洲，家喻户晓的工笔画名家！擅画人物，尤
长仕女，或圆转流美，或劲丽艳爽。

不知谁说，那画里哪有这件衣裳，人也没有这么好！

精华欲掩料应难
金貂闪翠承其肩
玉砌粉妆好背景
绝胜画工也汗颜

催画

一语未了，只见宝琴身后又转出一个披大红猩猩毡的人，贾母说，那一个又是哪个女孩儿？大家道，姑娘们都在这，那是宝玉！说话之间，来到跟前。

可不是宝玉！

次日雪晴，饭后闲话，贾母忽又想起宝琴在雪里衬着红梅……夸赞不已。叮嘱惜春："不管冷暖，只画！第一要紧，把琴儿和丫头、梅花一笔不错，添上！"——老太太的孩子气上来了。

当初，香菱学作诗，探丫头不也说，学好了，可以画上去？也不知怎么画，惜春只是出神……

大家工笔实不易
为添三艳繁画笔
琴儿梅花小丫头
难杀闺中细绢丝

妙卿赠梅

各位看官都知道了？宝玉、宝琴没有随贾母去惜春画画的暖香坞。

雪地里，白雪、红梅、美人。两人不但得了梅花，妙卿今日

还十分慷慨，每人赠一枝。

——这真是特别的日子，妙卿大异其趣。

蓬莱有仙枝，
凝蕊扶醉意。
寒香瑶台种，
愿赠作肩诗。

03

妙卿赠梅篇，
惜春展画卷。
琴儿只立雪，
美美诗竞联。

04

为过年热闹，老太太提议拟些谜语，于是几个人又开始了。
——都是"四书五经"的文字，现摘录在下面：

李纨：观音未有世传家——打"四书"句
　　　一池青草草何名——打一植物

李纹：水向石边流出冷——打一人名

李绮：萤——打一花草

湘云：（点绛唇）耖鏊分离，红尘游戏，真何趣？名利犹虚。
……

六、花影痴魂冰雪样

叠影重形，你看到的是谁？潇湘倩影？是她吗？

是胆怯的五儿？是灵秀的芳官？抑或是眉山紧蹙的龄官？

……

那个红裙女孩子，

风一样地来去。

怎么，就进了百年前的房子？

——为那第一眼的瞥见，

表弟潘又安。

为第一眼见的，潘又安那小子。当初怎的把一对荷包带进大观园，还夹着一封信，司棋清楚地看到"注意查收"字样！如今吓得连个鬼影子都不见……

（一）落花满地鸟惊飞

01

第一说的林妹妹，
红楼唯她第一人。
冰雪聪明天性傲，
情为痴痴诗为魂。

02

霁云风光照心扉，
手巧性直清如水。
只因质烈人皆妒，
堪叹红颜终不归。

03

游廊露凌凌，
杜鹃声愈冷。
一鸣声嘶竭，
再鸣成泣血。

04

穿花渡柳心祈焦，
却因清露祸骁骁。

丹心只意怡红院，
寻来笑嘲病身娇。

05

清明节里寄思长，
藕丝连连瓜儿香。
戏里恩情戏外祭，
偏得怡红解情殇。

06

春山微蹙翠翠媚，
横横竖竖笔来回。
雨湿纱衫人亦瘦，
低眉犹画隔蔷薇。

07

樱桃口金坠子，
香雪丹润肺息。
痴公子最兴意，
祸出口魂魄离。

08

雁字归来时，
踏雪溅红泥。
如梦如黛影，
如花也如诗。

09

大雪压地三尺深，

柴院响动落玉人。

姥姥神思多奇异，

怡红念念为痴魂。

（二）山中高士晶莹雪

01

宝姐姐最周融，

内外事务皆通。

最喜扑蝶娇喘，

纨扇抛却花丛。

02

芳气袭人得人意，

性情和顺痴公子。

精心缝制彩鸳鸯，

哪想缘分不在此。

03

麝月妆奁化龙飞，

痴痴拙拙问是谁。

荼蘼花开皆事了，

默默守候镜中窥。

04

巧嘴婉转莺儿，

巧手梅花璎络。

却道金玉良缘，
嘻嘻门边笑着。

05

半轮鸡唱五更残，
香菱辗转真应怜。
粉妆玉琢世家女，
零落犹痴寻诗篇。

06

明丽春光蕊正红，
缕缕花香漾春情。
一包硝粉知君意，
方解相思是情浓。

07

上天造人实吝啬，
温和伶俐说即可。
世间走一遭，
转眼不见了。

08

梨花带雨春犹诗，
蘅苑一夜花争奇。
转瞬春芳悉数去，
叶翠纷披见杏子。

09

菱儿清又馨，

秋令见树榛。

姐妹性相近，

萌萌又天真。

青春梦红楼

（三）泉香冷冽月梢头

01

大方豪爽派，
随性心自在。
魏晋见风骨，
云绕红芍开。

02

林花着雨胭脂湿，
水荇牵风翠带长。
欲解玉色红犹艳，
烛照丝缕夜来香。

03

天地生精华，
至宝何比她。
识见十怀古，
不是人间花。

04

曾有巾帼梦，
今是韦大英。

豪气作武扮，
请叫我葵翁。

05

泪珠盈睫捧玉汤，
试尝莲羹心犹伤。
谁知阿姐实性烈，
为有祭奠井上香。

06

梅花本是冰雪缘，
却因冷艳迷醉眼。
遭疑致病更酸楚，
一痕红迹镜中看。

07

青年娇憨女，
玩笑喜嬉戏。
推送秋千上，
笑语荡也荡。

08

机灵小琴童，
嬉戏鸟出笼。
到处见兴意，
趣斗憨香菱。

09

乡下丫头性儿莽，
初见小哥心慌张。
心心念念要搭讪，
反是赌气嫌恶腔。

（四）美质难辞寒梅艳

01

身世稀奇气兰质，

傲与世人识见异。

妙赞千年铁门槛，

其实难掩儿女思。

02

自然出灵岫，

飞瀑泻云烟。

恰似一林鹤，

素淡若比仙。

03

红娘莺莺惠泉香，

年节游艺哗啦响。

面若秋月眼秋水，

佳人归宿甚荒凉。

04

谁家女儿愿出家，

无知无识离了妈。

婷婷娇颜才出落，
钟情那个撇下她。

05

青草何名见草花，
生于富贵爱田家。
一世平常终受益，
年稔福库乐由夸。

06

镜开檀云，
梳化龙飞。
流光媚影，
花魂不归。

07

仲夏鸣蝉消静凉，
盥沐嘻嘻传声响。
清水浴液净如碧，
痕画余波看流芳。

08

一样是宗亲，
家贫自不论。
有幸得偏爱，
只因四姐俊。

09

好女芳华赛吴姬，
愿寻豪门待闺字。
终朝期期付流水，
佳信到来已秋期。

（五）显赫身后谁人解

01

省亲见势威，
榴花争光辉。
原是大姐姐，
一朝早辞归。

02

宫闱多避嫌，
幸有鸣琴伴。
暮夜思故里，
抱得一曲安。

03

学艺在梨园，
文辞好身段。
清嗓空灵脆，
应对随机变。

04

兰芳蕙草，
四儿最巧。

同年同月，
夫妻俩好。

05

宝至贵玉至坚，
梨园女皆应怜。
其为性本为贵，
其为质本为坚。

06

犹是水中魂，
莹白更莹润。
众里只一顾，
心底便生根。

07

绮霞映水，
娥月在天。
云霓绮丽，
瑶池靡彩。

08

美人周遭转，
贾母喜连连。
贫家儿喜鸾，
娇媚恰比肩。

青春梦红楼

09

八月中秋凉如水，
会芳悠韵声低回。
清风有意佩箫管，
文华歌声轻轻随。

（六）菱荷秋冷念手足

01

荷露红菱白，

娇花竞紫薇。

丽影可感应，

魂归一郎贼。

02

明明是你，

　　我都曾见……

那个红裙女孩子，

　　　风一样地来去。

怎么，就进了百年前的房子？

——为那第一眼的瞥见，

　　　表弟潘又安。

为第一眼见底，潘又安那小子。

03

不辩不清晰，

你道贴银子。

里外谁打点，
应问柱子媳。

04
要一碗蛋羹嫩，
找一只金凤翠。
有一副好口才，
带一缕荷香来。

05
平素孩子人娇媚，
多情温和儿龙珮。
一朝嫁进花枝巷，
死金香断魂不归。

06
荷香清逸远，
茄气绕身轻。
经常不经意，
无忧心难清。

07
寿怡红，彩绣贺，鸾鸣。红毡儿，拜拜，互承应。

08
玫瑰清露胭脂膏，
霞影依稀肝胆照。

沁芳有情也呜咽，
泪把倾情一并抛。

09
春风拂过玉柳摇，
纤纤身姿舞媚娇。
绡帕轻搭问来客，
因何送旧到湘潇。

青春梦红楼

（七）学成缟仙奔异方

01

出生曾汗颜，

末世英雄现。

气秉男儿志，

敏探大观园。

02

秋爽斋自识人，

诗书华彩慧心。

玫瑰花香亦烈，

花下刺不得戳。

03

一纸花笺尚有香，

墨迹飘逸花印章。

秋风爽气见翠色，

诗古标立女儿妆。

04

巧嘴骂哈巴，

凌厉比金花。

鸣蝉声不歇，
嬉笑浴花洒。

05

草艾一脉香，
寥寥转秋黄。
风儿轻轻过，
蔟地探刺芒。

06

梁间呢喃燕，
金柳巧编篮。
叱咤怡红院，
婆妈莫敢言。

07

有个笑话你来听，
送物赶上好事情。
上房嘉惠各房分，
意外偏得也兴兴。

08

蝉鸣碧清响，
花裍小糕香。
知人方知味，
躲在一边厢。

09

活泼小螺，

浅笑呵呵。

一如其性，

巧趣多多。

（八）生小心性偏自高

01

公府侯门荣华地，

闺阁娇养富贵女。

冷眼青灯执黄卷，

笑戏簪花成谶语。

02

晓梦易惊醒，

聘婷乱画屏。

往昔皆为客，

断离不容情。

03

莲叶无穷碧，

荷花映彩红。

笑看鱼儿戏，

不怕人来声。

04

娇音清婉最得宠，

梦里惊觉唤朦胧。

一缕娇笑识人媚，
化成心版花作影。

05

荷藕并蒂莲，
其香何田田。
其一化影离，
其一思连连。

06

那晚酒微醺，
清雪多撩人。
为着枫露茶，
怒泼染茜裙。

07

绮丽云霞映水，
光霰虹霓炫辉。
专属本领无比，
纸画模样为魁。

08

月如清水歌如流，
借用箫管伴声喉。
此韵幽幽诉不尽，
会芳娇艳更浇愁。

09

到底姓什么，

父母是哪个。

家乡在何方，

孩孩是小舍。

青春梦红楼

（九）聪明机巧误人深

01

何事决生死，
怎又落败绩。
聪明也自误，
留下作笑齿。

02

簪花如美眷，
平和最周全。
雌威也承应，
谁人怜苦甘。

03

贾母名下第一人，
知理洞明守时分。
鼻梁高挺雀点点，
暗夜恰又误撞身。

04

贾母身边左右臂，
传话打理最伶俐。

为着玩话弄平儿，
凤姐哈哈又遭戏。

05

怡红初遇见，
海棠隔相看。
不是应答者，
心有一个天。

06

夏家名闻桂花香，
娇女如花不善良。
诗书难敌妇人妒，
变声狮吼对霸王。

07

毒计用借剑，
秋桐声喧喧。
厉声出恶口，
日后冤不冤。

08

叫善人不善，
学着看人脸。
欺侮懦弱人，
这姐也可怜。

09

看样学样，
蟾鼓蛙响。
隔壁烛光，
偷偷敲窗。

六　花影痴魂冰雪样

（十）莫怨美眷肇始祸

01

青春有梦也迷情，
意念卿卿难说清。
本来唯美心底事，
留与他人任意评。

02

酥胸绿绮金莲绣，
风流婉转上下流。
冷郎冷情太无知，
情烈含羞不回头。

03

好女盼瑞祥，
一幕不能忘。
梦里常幽怨，
触柱在天香。

04

铁槛守灵旁，
灵前愿摔丧。

志意随将去，
添作义女榜。

05

嫣然笑绿媛，
正直娇艳艳。
因何侍老朽，
未语泪涟涟。

06

凤姐寿诞琏二欢，
银子送出人来见。
哪知今朝遇雌虎，
寻欢未欢拿命换。

07

曲调幽微转琵琶，
唱腔拿捏说为他。
赚取喝彩同台乐，
谁人知音解蒹葭。

08

虬枝屈曲，
胭脂几簇。
绿绫飞雪，
香魂化雾。

09

名为多姑娘，

嫁与多浑虫。

破家没人管，

处处人来疯。

青春梦红楼

（十一）素心自有慈航意

01

诗礼传世家，

继承有兰芽。

一心守妇道，

窗下看落花。

02

可怜尤物成人妇，

睁眼闭眼明白处。

独理亲丧稍起色，

又被凤姐当面啐。

03

青春兮美眷，

游艺兮心欢。

素纨兮不甘，

淡淡兮叹叹。

04

和风轻扬，

月白影旁。

寥寥寂寂，
何以情伤。

05

应是有眼缘，
他从庙中来。
就是有侥幸，
渐渐浮上来。

06

会芳冷艳尽人采，
好得芬芳蝶拢来。
月色银光秋风紧，
折枝玉质无人睐。

07

谁家金镯忘了戴，
趁人不见拿起来。
心里慌慌眼皮跳，
为此惹祸逐出园。

08

行止讲方良，
做人须明朗。
宝玉寻主人，
偷取遭祸殃。

09

报喜常晨早，

今夜事不巧。

明日欲有问，

告知快备考。

（十二）福祉多眷蒙昧女

01

借寿巧遇人，

福倚庄稼人。

谁料是恩人，

皆因有缘人。

02

青草青青问何名，

一个小妮叫青儿。

说要跟着去上城，

天亮醒来人没影。

哭个猫脸坐院等，

一等再等没动静。

天上星星眨眼睛，

数着星星坐天井。

看着看着入了梦，

哥哥姥姥笑声声。

03

轻倚红绣帘，

静听醉花阴。

闲处光阴里，
娇蕊叶儿丰。

04

梦中有喜来，
莲枝缠又缠。
卣儿添福运，
绿茗轻散烟。

05

小丫头兴致高，
宝姐姐心却焦。
不知意碰个着，
借扇机带双敲。

06

昨夜大观园，
抄检没情面。
今晨稻香园，
银碟炒豆见。
一个端盆站，
一个斥声喧。

07

小丫初见不知礼，
静端清水弯腰膝。

听着呵斥忙改过，
颠颠簸簸奉跪地。

08

月白袄儿新，
如何不示人。
偏偏叫雪雁，
未借还烦心。

09

春燕衔柳来。
绿丛鸠儿在。
风送鸟啼哞，
芳菲一夜裁。

青春梦红楼

七、吟红缱绻飞絮雪

　　冰雪琼瑶。天地致公，原来天地生人从不虚比浮词，林姑娘和菱姑娘这一段师生之谊，皓月明洁，风神熠采！

（一）黛玉和她的《桃花行》

桃花帘外东风软，桃花帘内晨妆懒。

帘外桃花帘内人，人与桃花隔不远。

东风有意揭帘栊，花欲窥人帘不卷。

第七十回可以称作一个"反转"。

这里不得不说《红楼梦》的现代感，而时下出现的"热词"——反转，早已在《红楼梦》中出现。

01

妙玉——《红楼梦》"反转"第一人。

中秋联诗，妙玉出手相助，打住"冷月""花魂"之惊险，反转回环，画出"钟鸣拢翠寺，鸡唱稻香村"的乡村田园风光，实不似原本高冷的妙玉本真，想来何其怪哉！人心和气场在那种针尖麦芒的相抵触中会暴露最朴质纯粹的人性之光。

02

第七十回林黛玉重建桃花社，史湘云偶填柳絮词。

——时间从秋季转到春天。

宝玉因气病了柳五儿，冷遁了柳二郎，剑吻了情小妹，金逝了尤二姐，一件件一桩桩，致情色若痴、语言常乱、似染怔忡之症……

黛玉重建桃花社正是一个积极的反转，让过去那一年的伤感多少化解一些。

《桃花行》在提醒我们，春天来了：万物复苏、禽鸟引伴、东风徐吹，春色满园。

——春天回来了，快快忘掉那些不愉快吧。

桃花帘外东风软，桃花帘内晨妆懒。
帘外桃花帘内人，人与桃花隔不远。
东风有意揭帘栊，花欲窥人帘不卷。
桃花帘外开仍旧，帘中人比桃花瘦。
花解怜人花也愁，隔帘消息风吹透。
风透湘帘花满庭，庭前春色倍伤情。
闲苔院落门空掩，斜日栏杆人自凭。
凭栏人向东风泣，茜裙偷傍桃花立。
桃花桃叶乱纷纷，花绽新红叶凝碧。
雾裹烟封一万株，烘楼照壁红模糊。
天机烧破鸳鸯锦，春酣欲醒移珊枕。
侍女金盆进水来，香泉影蘸胭脂冷。
胭脂鲜艳何相类，花之颜色人之泪。
若将人泪比桃花，泪自长流花自媚。
泪眼观花泪易干，泪干春尽花憔悴。
憔悴花遮憔悴人，花飞人倦易黄昏。
一声杜宇春归尽，寂寞帘栊空月痕！

"好诗"……
宝玉一大早正和晴雯、芳官闹成一团，翠缕来请，说："请你去看好诗。"

——湘云妹妹，好久不见……

宝玉跟着来到沁芳亭，只见黛玉、宝钗、湘云、宝琴、探春都在。湘云笑道，如今恰好万物逢春，皆主生盛，这首桃花诗又好！

——湘云是个直肠子，从不回避自己内心的声音。正是率性、天真的情性！林姐的桃花诗打动了她，所以一再夸……

"就把海棠社改作桃花社！"
宝玉点头道，很好。

（二）宝玉看诗……

什么是"好诗"？

看的人被击中，就像宝玉。

宝玉看了，也不称赞，却滚下泪来……

宝玉，你看到了什么？

花解怜人花也愁，隔帘消息风吹透。

鞏儿，你在说什么？

天机烧破鸳鸯锦，春酣欲醒移珊枕。

鞏儿，看来你什么都知道！你心里一准打定主意了："天机"怎能泄漏。好吧！我和你们一起保守这个秘密！

鞏儿，你可是这个主意？

鞏儿终究没有云儿的豪迈爽朗，什么事也挡不住她"梦会亲友""香梦沉酣"！

春醒犹倦，何况睡着正如醒着……

一声杜宇春归去，寂寞帘栊空月痕！

杜鹃啼唤直到最后一声……
当春天再来的时候，
请为寂寞的月燃一炷香！

颦儿，你何必……

（三）桃花行

01

桃花帘外开仍旧，帘中人比桃花瘦。

桃花，香软盈润
　　初放之季
　　　　就满满地绽

轻点胭脂
娇艳无对
　　她充满着
　　　　春天的气息

视觉、味觉、周身的神经都被占有

然后
你不知怎么的
就想去抱
拥她入怀
拥她入怀

——颦儿的春天在哪里呢？

02

风透湘帘花满庭，庭前春色倍伤情。

雾裹烟封一万株，红楼照壁红模糊。

风卷乱花，模糊了人的双眼

似"烟封雾裹"

烧红了照壁楼台

模糊成一片红红的

——这红……

胭脂鲜艳何相类，花之颜色人之泪。

是泪

是花颜

      鲜红鲜红的

——颦儿，还是你　绛珠仙子！

不改初心！

03

泪干春尽花憔悴。一声杜宇春归尽

颦儿，泪尽

        归去？

宝哥哥滚下泪来！

林黛玉是悲情的，她的诗必定指向悲剧美学。黛玉的身世可叹、性情孤高、玲珑心窍、病弱体质是形成她悲剧审美的内因。

（四）关于……

01　悲情

黛玉的悲情，不是苦恼、不是愁怨，是伤……

一个表现为受伤，
一个表现为伤痛。

——这样的区分有什么意义吗？
这里的"受伤""伤痛"是外界环境与人物性格相互冲突造成的结果。

02　《桃花行》与诗作者

这里我们强调作者，意指林黛玉或称颦儿，抑或是林潇湘。

当时，宝玉拿了诗稿，看后问哪里得来。宝琴从一旁开玩笑说"现是我作的"。宝玉笑了："自然是潇湘子稿，这声调口气，迥乎不同蘅芜体。"

宝玉与黛玉的相通不在表面——他们是一种精神上的相知。
宝玉用"林潇湘"直指其精神上的直、率、简、静、真。

桃花帘外东风软，桃花帘内晨妆懒。

帘外桃花帘内人，人与桃花隔不远。

春天来了，桃花迎着软软的风就开起来，这春天，这桃花……

春醒犹倦
懒在那里
桃花与人可以两不相干

花亦美人亦安
桃花与人笑相看
——这该是怎样的安闲自在！

东风有意揭帘栊，花欲窥人帘不卷。
桃花帘外开仍旧，帘中人比桃花瘦。
花解怜人花也愁，隔帘消息风吹透。

原来"自在安闲"不过是一个幻境。
外面的世界从来是东风与西风的对峙，
冲突来了，
不想理会……那消息，却硬生生透过湘帘直打在你的心
底里，
正是不能言说的"心事"。

花虽解人也无奈，
人亦消瘦花见愁。

桃花帘外东风软，桃花帘内晨妆懒。

帘外桃花帘内人，人与桃花隔不远。

东风有意揭帘栊，花欲窥人帘不卷。

桃花帘外开仍旧，帘中人比桃花瘦。

这一节，正是人与花通，花解人意的渲染：花解怜人花也愁。承上启下，衔接实在紧实自然，"花解怜人花也愁，隔帘消息风吹透"。

消息来了，怎能不影响到人的情绪？何况又是敏感、易受伤的人！

林妹妹无所依傍、难平心绪啊……

风透湘帘花满庭，庭前春色倍伤情。

闲苔院落门空掩，斜日栏杆人自凭。

凭栏人向东风泣，茜裙偷傍桃花立。

桃花桃叶乱纷纷，花绽新红叶凝碧。

雾裹烟封一万株，烘楼照壁红模糊。

"凭栏人向东风泣，茜裙偷傍桃花立。"这不是林妹妹还能是谁？

琴儿明明是在开玩笑，可是宝哥哥这会儿真是笑不起来！宝哥哥看了，也不称赞，却滚下泪来。怕别人看见，偷偷擦去眼泪，赶上大家……

——林妹妹、宝哥哥到底谁是谁？

风透湘帘花满庭，庭前春色倍伤情。
闲苔院落门空掩，斜日栏杆人自凭。

——一个孤高的人！
那心里的话如何说出？又向谁说呢？
只好一个人独倚栏杆自叹息！

春色满园啊……云妹妹看见了春天的生机之气不停地夸赞。

可这浓浓的春色呀
直压得颦儿的心肺
                无法喘息！

凭栏人向东风泣，茜裙偷傍桃花立。

——林妹妹，你又……

桃花桃叶乱纷纷，花绽新红叶凝碧。
雾裹烟封一万株，烘楼照壁红模糊。

泪啊……

繁盛的桃花桃叶
怎么这样乱呢

还是这么鲜嫩的花

还是这么鲜嫩的翠玉的叶儿！

满眼"雾裹烟封"的
模糊了我的眼啊
红成一片

宝哥哥怎么不泪落不禁

林妹妹啊

滴不尽血泪……抛红豆……

潇湘子，你确定你说清楚了吗？

花啊叶啊乱纷纷，
花呀新红叶儿凝碧，真可人！
满眼盛放桃花一万株，
红红一片好模糊？

03　林潇湘抑或林妹妹

潇湘子：你可记得？

想眼中能有多少泪珠儿，怎禁得秋流到冬，春流到夏！

林妹妹只有掩不住……泪流

泪流……殷红的

（抛红豆……）

凭栏人向东风泣，

一个人倚在盈盈新绽的桃花旁，
　　　　　　偷偷落泪……

桃花桃叶乱纷纷，花绽新红叶凝碧。

泪眼观花，
又模糊又清楚。

——潇湘子，你好厉害！你是把林妹妹的情绪、行为转移给读者，于是，我们眼前"桃花桃叶乱纷纷，花绽新红叶凝碧"。

04　《桃花行》

这是移情，也是一种动态美。

茜裙偷傍桃花立。

十里桃林，
一个着浅淡衫裙，镶嵌红色裙裾的女孩子，

飘然而至……

雾裹烟封一万株，烘楼照壁红模糊。

潇湘子，我以为那是花仙子？不，那就是林妹妹！对吧？

十里桃林一万株，
眼前已是红模糊。

——是花儿？还是看花的人？花之颜色人之泪……

桃花桃叶乱纷纷，花绽新红叶凝碧。

了不得雪芹——竟谙熟微距摄影。

你看，近，近，再近……清晰清晰……模糊清晰……变化着，
感受着，
不一样的美。

雾裹烟封一万株

一万株是一种夸张：如果上面作者利用微距摄影手法写泪眼观花的话，这一句就是远景拍摄。雾裹烟封，是一个象征，可以理解为泪眼模糊，看眼前的景致，如云似雾笼罩。

可是这里，这里何曾不是颦儿身处其中的环境，
被蒙蔽……

林潇湘用《桃花行》很清楚地说出，什么事也瞒不住，她该

知道的都会知道。以颦儿的聪慧、黛玉的冷静、林潇湘的孤高，最终她要以她自己的方式给一个回答：

谁规定的——

落泪就是懦弱？

落泪就是无能？

落泪就是胆小？

就该摒弃？

林妹妹的眼泪，已经化作血泪……沥血而书……已经不是小女儿的伤感和任性，是义无反顾的自我坚持，是彪炳独立的精神书写……

——直指行为美学的方向。

天机烧破鸳鸯锦

如果说"隔帘消息"还比较婉转、隐晦……那"天机"一句，就是直接点破。

你不见"鸳鸯"一词，颦儿那么高傲，在生命的最后她还是不想留遗憾……

——真率的性情……天机烧破鸳鸯锦，春酣欲醒移珊枕。

——是一个转折，诗人情绪急转而变，一下子爆发了：

青春梦红楼

花之颜色人之泪，

若将人泪比桃花，泪自长流花自媚。

泪眼观花泪易干，泪干春尽花憔悴。

憔悴花遮憔悴人，花飞人倦易黄昏。

诗歌从起初花与人的相视对看，静静欣赏……到人如花花似人的你中有我我中有你的相怜相惜，情感的变化通过诗歌节奏的变化慢慢加快：由静而徐，进而快，快……快，再快……当诗人写到"花之颜色人之泪"时，她早已脱离了现实的束缚、个体的束缚……

忽然 ——

血泪横飞

笔势急转

弦管声催

杜鹃血啼……

声泪俱下

不可遏制

一气呵成

一挥而就

——林黛玉的精神气质、精神长相：高蹈、超脱、极致、不凡。

一声杜宇春归尽，寂寞帘栊空月痕。

宛如丝弦绷断而哑，杜鹃泣血而绝……诗人用尽生命之力、最后的气息，完成自我生命的绝响……

　　……于是
　　月色玲珑——
　　寂寞——空灵——
　　清清——朗朗——
　　空——空——旷——旷——
　　人去楼空，无语东风……

　　林黛玉，作为艺术形象，其个性风格带着理想化的特征。所以，把人物进行设定和对号入座是非常可笑的事情，作者在文本开篇就已经说明：是灵河岸边、三生石畔……一株绛珠仙草。看官不妨开开脑洞，黛玉来自他维空间，不属于我们的三维世界。

　　可是为什么，在阅读中会有似曾相识之感？

　　所以人人可见黛玉的影子，人人不是黛玉其人，黛玉早已成为一种化身和象征。是美、是艺术的化身，更是"真"的象征。

　　作为象征，黛玉的"真"更是作者极力渲染和塑造的质素。她从来说真话，她从不回避内心的声音，她从来都赞赏真、不遗余力地教香菱作诗，"我还教得起你"，并不作虚假的谦让之辞。

　　《桃花行》的艺术形象，不仅是诗人林黛玉本身，她还是作者的代言人，黛玉支持的就是作者支持的，黛玉反对的就是作者反对的，黛玉对抗的就是作者极力对抗的！

《桃花行》是一首歌行体诗。她是诗人对春天的咏叹，也是对青春生命的歌咏。歌行体，属诗歌中的自然派，如现代流行歌曲一般(蒋勋)，行诗自由、洒脱、不受限制，没有典故、对仗的约束，诗人在反复吟咏中可以一唱三叹，充分展现内在的情感和意蕴，充分实现情感的表达。

比如，诗中前八句：

桃花帘外东风软，桃花帘内晨妆懒。

帘外桃花帘内人，人与桃花隔不远。

东风有意揭帘栊，花欲窥人帘不卷。

桃花帘外开仍旧，帘中人比桃花瘦。

五十六个字，反复出现"桃花"与"人"两个意象。

"桃花"出现七次，几乎句句桃花！

人与花的相互关系，就在反复咏唱中逐渐清晰起来……

05　桃花祭

再看最后七句：

……　　　　花之颜色人之泪。

若将人泪比桃花，泪自长流花自媚。

泪眼观花泪易干，泪干春尽花憔悴。

憔悴花遮憔悴人，花飞人倦易黄昏。

四十九个字，反复出现"花"与"泪"，七句就有七次写"花"：

花之颜色人之泪，

泪自长流花自媚，

人泪比桃花，

泪干花憔悴，

……

这种体式最能展示黛玉的内在个性——率真而恬静、自由自在、不受约束。

诗歌全面反映了林黛玉的性情和人格追求……痛快淋漓地表达着对春天美的咏叹，沥血呕心，咏唱着青春生命的易逝！

所以，《桃花行》既是个性生命的咏叹调，又是叹咏春天的"桃花祭"，更是感叹青春生命的"青春祭"。

（五）《桃花行》之后续……

——看过诗后，各有反应。

湘云是第一个赞赏的，提议把"海棠社"改成"桃花社"。

黛玉兴致突发，准备拟题，说索性写个桃花诗一百韵——或者是向先辈诗人玉溪生（李商隐《次行西郊一百韵》）的敬礼……

宝钗忙阻止，说，使不得。桃花诗最多，纵作了必落俗套。都比不了你这首古风，须得再拟。

在这首歌行体诗上，黛玉占了先，宝姐姐心中似有不甘——再不说，不过是玩意儿，谁还当真论输赢的话，直接让黛玉放弃古风的自然派，另拟。后来，湘云的小令开先，宝钗以一首《临江仙》终拔头筹，逆转局势。

探春不说话。
——实际从现实的角度讲，探春属现实中力主成功的人。

探春，既有凤姐的凌厉也具备宝钗的学识，是个有管理智慧的人才，她的权威是不容动摇的。"海棠社"是她主持建起来的，黛玉一首《桃花行》就要把诗社改成"桃花社"，道理上、情感上探春都不能接受，不过是湘云的一时兴起。

这里还夹杂着一些额外的恩怨，就是潇湘馆里与赵姨娘的是非纠葛（这个要有专门的厘清：雪雁月白小袄事、藕官闹乱事、黛玉补添燕窝事，件件都会引起赵姨娘的不甘和怨愤之气），探春丫头没法装作看不见。

在诗歌上，探春才艺输于薛、林，这是不争的事实。探春从年龄上，比薛林、湘云都小，却是个心事重的女孩子。"桃花社"未能开社，因为开社日三月初二日，正好是探春的生日，直接把日期改到初五日，最后七事八事一拖再拖，"桃花社"终至未能开起来，改社的事也便告吹。

探春在心底里也不希望改……

（六）桃花开仍旧……

——如果还是以《桃花行》为题作，才子佳人各逞才藻。

湘云：

和宝玉一样旁取杂收，再加性情豪迈爽直、不拘一格，她也是没有约束的；写作上没有边界，还有一点最重要，云妹妹是真正的逍遥、随性派，对于高低上下输赢，她是最不在意的一个。所以，《桃花行》她写得，诗风不往超拔上走，她应该走自由自在、我行我素的路线——豪迈中见真我，洒脱中显爽朗。

宝玉：

作《桃花行》当然能诌上一首半段。可是，他常常溜号。看着姐姐妹妹写得那么投入，他便只顾专注地看姐姐妹妹，就会忘了自己的任务，最后免不了落地——宝玉乐得。他本来就不求超拔、不争输赢；对他，姐姐妹妹高兴，就是他的高兴，就是最大的胜利。如果是林妹妹夺冠，他更加优哉乐哉！

《桃花行》一出，直击宝玉心底，一阵心痛不能自已。若说林妹妹什么事都清楚，其中情由，宝哥哥又如何不明白？

宝钗：

宝钗不会步后尘。

宝钗非常清楚，黛玉这首《桃花行》已是至高，再作不过是跟随脚踪、落入俗套，这种自然派的诗风实在不是她的强项。正如李太白豪放奔涌、浪漫傲古、不可一世，所以是浪漫放达的风格选择了李太白，而不是李太白选择了浪漫放达。宝姐姐非常清楚，这是自然的选择，颦儿的发乎心性无法逾越。

宝钗生长于规矩之中，受着约束长大，不像颦儿，父母早早离世，一身孤栖，是老太太的庇护和关爱、家族书香基因的影响，让黛玉的成长得以自主任性。天性的自由个性、孤高品质、天真本性反而在环境逼迫中更容易爆发，义无反顾地亮出真我质素。《桃花行》那一唱三叹、不拘一格的诗风正好完成了颦儿内心深处郁积许久的情感潜流的释放和奔涌，所以黛玉的《桃花行》从一开始的看似漫不经心到逐渐进入角色，再到情感暴发是一个渐进的过程——必然的结果。

宝钗很清楚，也很明智，她不做这个。她提议放弃这个，另拟。

她要主动选择。

黛玉：
一股清流荡嚣风。

颦儿意在写出自己，至于改社名，对她并不重要。

情势所迫，面对眼前的春花烂漫、触景伤情，林妹妹笔势急走、一蹴而就。过后任人评说，已与己无干——而此时的大观园，正是苦尤娘吞金自逝不久，大观园的大门已被撞破，那上空似有乌云密布，整个大观园已经风雨飘摇，黛玉情动于衷、不得不发……

《桃花行》的出现，在告祭春天、告祭美好、告祭青春生命之时，不可避免地成为精神标举，承担起树清流、荡嚣风和重建精神家园的使命。

探春

探春对重建"桃花社"的感情是复杂的，作为笔者，对这一节的分析头绪也是纷繁的。

探丫头诗才略逊，不谈"古风"吧……

三妹妹开创了"海棠社"，谈何重建"桃花社"呢？

此时，大观园的事务、大观园的改革着实不易，经济纷争、人事纷争怎个开脱？

当初开"海棠社"时的激情奋发，如今事务繁杂。此时，已与当年试比"东山之雅会"而写脂粉襟抱的气魄，不能同日而语……

与潇湘馆的恩怨……

"社主"让位林姐姐吗？

"海棠社"真的结束了吗？

（七）桃李芬芳师生缘

春风桃李

秋菊霜花

沁芳融融

闲处落霞

你看

林妹妹　摇摇地

　　　　走来了……

香菱，宝姐姐把她领进大观园，度过了一段幸福快乐的时光。她喜欢诗，于是她得到了颦儿的引导，得到了云儿的帮助。

颦儿是诗人，崇尚自由、尊重个性。她给香菱教材，告诉她学习作诗的方法，然后由她去做。

湘云自由，想象力丰富，不拘一格。她为香菱打开了视野，告诉香菱写诗的方法多种多样、诗人风格各有不同。

好！菱儿，你写出自己来！

香菱爱诗到痴魔。

为写诗夜不能寐、心无旁骛

潜能、创造力都被激发。

那是一种境界

01

鞏儿与菱姑娘：

黛玉教学（其一）
我有教材一二三，
我有教辅面面全。
鼓励后学应自信，
谈论讲说不一般。

黛玉教学（其二）
平仄虚实间，
词句韵期间。
若为立意故，
尽可放后面。

黛玉教学（其三）
高徒从名师，
挖潜启灵智。
一朝入门径，
平凡出奇思。

师生对讲
讲究讨论方进益，
好处终究从何起。

下晚渡头余落日，

正见墟里上孤烟。

菱姑娘：看到"墟里上孤烟"句……

黛老师：你以为那句好，这里有一句更比那个"淡而现成"。

于是，黛老师拿出她的教辅材料，找出陶渊明的"暧暧远人村，依依墟里烟"给菱同学看……

——淡而现成

老师你的话语

那样淡，可是

我要持久地品

香菱读诗

长夜谁人伴，

菱荷静夜香。

俯首又默默，

烛花对轩窗。

香菱迷诗

锦衾不耐五更寒，

灯烛映照影自怜。

忽有菱香幽幽韵，

助我痴痴入诗篇。

香菱作诗

临石倚竹蕴诗篇，

痴痴寻觅不等闲。

江天一色无穷碧，

月华流照五更天。

可谓精诚所至，神明乐助——菱同学日里不能成篇，竟是梦中写就。且看：

吟　月

作者　香菱

精华欲掩料应难，影自娟娟魄自寒。

一片砧敲千里白，半轮鸡唱五更残。

绿蓑江上秋闻笛，红袖楼头夜倚栏。

博得嫦娥应借问，缘何不使永团圆。

02

精华，这精华……

是自喻又是引领。接下来，精华灵秀，仿佛从天而降

——在这琉璃世界

一次意外的相遇

一场别开生面的大派对

一台红色旋风样的时装展

一夜大快朵颐的生鲜大餐

一次展示自我的即兴赛诗会……

老天　老天……

你到底有多少精华灵秀

如今一起降临

　　　　　　　这

　　　　　　　琉璃世界

——邢岫烟、李绮、李纹、薛宝琴来了……

03

琉璃世界

——理想之境

一场时装秀

冰雪世界中

美人与色彩

冰雪世界中

美人与华服

　　　　——外在美的展示

金凫翠羽炫厅风

　　　　　　红云处

　　　　　　　　幻影风光

旋动异彩风华，

造就时尚大咖。

一个梦想，
一块净土。
三五诗友，
自由唱和。

（八）香菱与黛玉　师生之谊

第四十八回：就是薛傻走开，菱香飘来。一个新的开始。

一袭清风从秋天里荡漾着，荡漾着，来了……

扫清污垢和阴霾，
清明朗静的天空下，有
　　　　　　一个理想的伊甸园——大观园

这里有青春的礼赞、美与诗的狂欢。

01

"淡而现成。"

黛玉老师点评，话不多，只四字。

高明的老师，不会把自己累得唉声叹气

在谈话阶段，黛玉老师浅显直白的引导，恰到好处。
几乎都是香菱同学在讲。

艺术创作的状态

香菱同学的第三首诗是在梦中完成的——这里在说，艺术创作的话题。

按照心理学的观点，人在梦中会释放平常不具有的潜能。蒋勋说，像人醉酒后的状态，于是有"李白斗酒诗百篇"、行书圣手兰亭卷和香菱"痴"梦成诗篇。

02
从香菱姑娘学作诗，我们看
　　——香菱的"痴"

第一首：

香菱从潇湘馆出来，喜得拿了黛玉给的诗（杜律），回来。又苦思一会，作两句诗，又舍不得杜律；如此茶饭无心，坐卧不宁……

第二首：

香菱听了（黛玉老师的点评），默默地回来，索性连房也不入，只在池边树下，或坐在石上出神，或蹲在地上抠土……只见她皱一会儿眉，又自己含笑一会儿……

第三首：

香菱自以为这首妙绝，听如此说，自己又扫了兴，不肯丢开手，便又思索起来……自己走至阶下闲步，抠心搜肠，耳不旁听，目不他视。

终于，梦中成就——

03

香菱说着"错了韵了"。

大家都笑起来。

宝姐姐说："可真是诗魔了，都是颦儿引的……"

宝姐姐，你不懂！"圣人说'诲人不倦'，他又来问，我岂有不说之理。"

颦儿永远简单
菱姑娘正好憨呆

袅袅婷婷
空空明明
憨憨呆呆
菁菁灵灵
……

大家说笑着，李纨大嫂看着这孩子，"咱们拉她往四妹妹房里去，引她瞧瞧画儿，叫她醒一醒才好……"真的！几个人就拉了她到了暖香坞，惜春正在午睡。

画缯立在壁间，用纱罩着……"这是我们姑娘"——香菱一眼就看出画儿上的人，"林姑娘"。

……大家说笑一会儿便散去。

香菱满心还是思想，至晚间对灯出神。至三更后上床，两眼鳏鳏，直到五更才睡去。一时，宝钗醒了，只听见香菱在梦中笑道："可是有了，难道这一首还不好？"

香菱苦志学诗，日间不能得，梦中得了八句。且看：

精华欲掩料应难，影自娟娟魄自寒。
一片砧敲千里白，半轮鸡唱五更残。
绿蓑江上秋闻笛，红袖楼头夜倚栏。
博得嫦娥应借问，缘何不使永团圆。

（九）湘云老师　云美女
——跟着湘云老师辨风格

01

香菱与云美女谈讲、研究，可谓不亦乐乎……

教与学，是一个相互的关系。云美女这么喜欢说话，得遇香菱的"痴"，亦是如鱼得水、高谈阔论、畅快淋漓了……她谈兴正旺，宝姐姐不耐烦了……哎哎，放着两个诗家不说，提那些死人做什么？

嗯？是谁？这倒是特别的提醒。两个诗家？

云美女瞪大眼睛看着宝姐姐……

不是现成的两人吗？

呆香菱之心苦　疯湘云之话多——正对！

呵，啊哈哈！宝姐姐也很调皮！

02

温八叉之绮靡

高祖相贞观，得于段为贤。
结交李太子，祸福必参半。

飞卿庭筠亦名岐，秋试京兆又不第。
谢傅林亭消溽暑，东山愿为苍生起。

恃才又不羁，权贵多犯忌。
镂玉雕琼花，诗才并温李。

指掌传为一交叉，绮丽诗句难亦佳。
纵得步兵无绿蚁，不缘句漏有丹砂。

词在花间里，飞卿金荃集。
试问这鼻祖，留名知不知。

03

韦苏州之淡雅

韦氏应物拜苏州，扁舟不系与心同。

独怜幽草涧边生，上有黄鹂深树鸣。
春潮带雨晚来急，野渡无人舟自横。

冻浦不闻潮……

这是芦雪广即景联诗中岫烟给出的对句。

上句"寒山已失翠"，

下句"冻浦不闻潮"。

诗人从眼前之景推开出去，到达看不见的江河湖海……由"山"而"水"，诗歌的对仗带动想象的扩大，由此及彼，有诗有远方。

岫烟再出句：易挂疏枝柳……

那雪花啊……轻轻落在枝叶落尽的柳条上了。简素、淡然，多常见、普通的一景！轻描淡写——可不是韦苏州的空阔闲远吗？

——湘云老师说的"淡雅"：

野岸回孤棹……

灞桥风雪故人来，犹记当时长亭外。

飞雪寒山离人远，唯见湾头处处白。

灞桥风雪夜、离人犹不归……风雪交加，偏于一隅的渡头，孤舟自横，对景对情——湘云老师的旷远中犹见韦苏州的影子，"野岸回孤棹"，一下把人带到了淡远清旷的地方！

04

杜工部之沉郁——语不惊人死不休

杜甫的诗经常用顿挫的手法，深沉的思考，表现对社会现实的深深同情。

李白偏向于浪漫，杜甫偏向于写实。

城西浣花溪畔行，
奉节草堂始建成。

他的诗，清代三十六诗仙图卷之杜甫，盖以"沉郁顿挫"四字概括。其作品风格以沉郁为主。想是雪芹博览群书，借云儿之口，将当代文坛对诗家的评价，恰到好处地为我所用，表达首肯吧！

七龄思即壮，
开口咏凤凰。

庭前八月梨枣熟，一日上树能千回。
忆年十五心尚孩，健如黄犊走复来。

落花游丝白日静，鸣鸠乳燕青春深。
锦江春色来天地，玉垒浮云变古今。

羞将短发还吹帽，笑倩傍人为正冠。
百年地僻柴门回，五月江深草阁寒。

五更鼓角悲声壮，
三峡星河影动帘。

焉得思如陶谢手，
皎如玉树临风前。

致君尧舜上，再使风俗淳。

世上疮痍，
诗中圣哲。
民间疾苦，
笔底波澜。

06

李义山之隐僻

留得残荷听雨声，
古风一百笑罃卿。
难得塘中生秋意，
不解情辞怨疾风。

雏凤清于老凤声，
义山辞句费盛名。
心有灵犀当再见，
敬贺之仪送鹡鸰。

獭祭曾惊博奥殚，
一篇锦瑟解人难。

玉溪丽句知千古，
只是当时竟惘然。

07

湘云来了……

雪芹是真正的理想主义者。

他再让这个"话多"的枕霞君，帮助痴痴呆呆的菱姑娘打开视野。

于是菱姑娘知道了：杜工部之沉郁、韦苏州之淡雅、温八叉之绮靡、李义山之隐僻……
——原来有杜工部，还有韦苏州、温八叉、李义山……杜工部是怎样，韦苏州是这样子的！

诗中曾有颜如玉，
诗中更有黄金屋。

湘云来了……住进蘅芜苑，呆香菱兴奋得睡不着觉了。

云儿最爱说，实际是个"话痨"——有这个不怕麻烦，特爱讲话的老师——湘云老师的循循善诱、高谈阔论——黛玉老师的"诲人不倦"。

七 吟红缱绻飞絮雪

221

香菱真令人羡慕啊！

你听听云老师在说什么？……

宝钗在那里发牢骚了：哎呀呀！我实在让她聒噪得受不了了……杜工部之沉郁、韦苏州之淡雅、温八叉之绮靡、李义山之隐僻——云儿诗风倾向魏晋，豪放不羁又取众诗之长，这概括正是枕霞强项！

——这真是很好的诗风对照！能不羡煞香菱？

（十）诗社开张看缘起——《如梦令》

此时，正是杨柳花开、蜂团蝶阵、追逐成球……

——桃花诗社未能成行，女孩子们的兴致又被飞扬的柳花鼓舞。

云妹妹最先开笔，一首小令别开生面……

01　湘云的《如梦令》

一首小令又引起大家的兴趣。

黛玉说："好，新鲜有趣，我却不能"。

湘云说："我们一直没有填词，你何不起社填词，也改个样儿，岂不新鲜些……"

黛玉听了，偶然兴动，一面吩咐预备果点之类，一面打发人分头去请众人。

于是，二人拟柳絮之词，并限出几个调来。大家来了，看了题目。又见湘云的小令，夸赞一番。

宝玉又遭奚落……笑道："词上我也平常，少不得胡诌起来。"

大家拈阄，抽取题目——游戏又开始了。

02　湘云集社拈题目

宝钗《临江仙》

宝琴《西江月》

探春《南柯子》

黛玉《唐多令》

宝玉《蝶恋花》

宝玉拈得《蝶恋花》

——没有写出来　有意思的空白

探春的《南柯子》只有半首，宝玉又给续了后半段

……

几个孩子写了什么？

探春：一任东西南北各分离

黛玉：韶华竟白头

宝钗：好风凭借力

宝琴：明月梅花一梦

宝玉：

南柯子：（半阕）

落去君休惜，飞来我自知

……

这小调，是女孩子的心灵之歌……

湘云

春天来了，香菱因为薛蟠回来，已经离开大观园。

湘云一人闲暇无事，看那柳花飘飞，时光就在不知不觉中流过……于是，也感慨时间过得如此迅速："且住，且住，莫使春光别去。"——希望留住春光，留住青春的美好。

探春

似乎很勉强地完成半首《南柯子》，她是在说"南柯一梦"吗？——探丫头似乎经历了一个理想到现实的真实着陆，对大观园的管理，着实让她领教了现实的复杂多变，不是想象中的小孩子的游戏，那是真枪实弹的对抗与较量："一任东西南北各分离"，她好像看到了什么……

宝琴

年龄最小，见识最多。

山南海北　踏遍
绿水陌上　尽游
小小年纪见闻不浅
心性质洁无挂无牵
一不小心，一句"三春事业付东风"
——好像给谁做结论，就是那种叫作"一语中的"！

03

美人如斯可弄玉
细细有韵凤来仪

04

黛玉与宝钗

——剪不断　理还乱

一个是游离于现实之外、深刻感知自己的前世今生、顺其自然地把持着自己生命节奏的清醒自持的孤女。

一个是冷静清楚、周到谨慎、步步得体且热衷世道、明哲保身、事不关己、不多话的现世才女。

后 记

　　2015 年，一个偶然的机会，我接触到泰安市社科课题项目。那时候我正沉浸于《红楼梦》的研读，于是 2017 年就有了《诗话红楼》书稿的形成。书名几经改易，最终定为《青春梦红楼》。这个过程不仅仅是书名的改易替换，更是探究经典发掘深意的过程，也是一个多元文化的交流合作和与人学习沟通的过程。在这个过程中有一个人出现了，她就是我的女儿夏成蹊。

　　那年，女儿 11 岁，在懵懂的年龄遇见林黛玉，那故事撞击着她敏感的心灵，她泪流满面，哭得稀里哗啦……

　　十几年后，女儿再次遇见《红楼梦》的时候，已经是明丽成熟的辣妈。

　　夏成蹊 1994 年 8 月生于山东泰安，自幼喜欢古典文学。2013年至 2016 年，她用了三年的时间独自一人游学于英国、澳大利亚、瑞士等国，接触外面的世界和风土人情，感受不一样的文化风貌，对我们传统文化的深厚丰美和精神韵致更为自信。社会的多元和交流互鉴，锻炼人的沉着、耐心和坚持不懈。她有独特的审美眼光、品评风格，以视角新奇、优雅别致的小美文见长。

　　时间和情感的历练，夏成蹊青春、激越的热情为我的文稿找回了原本的主题，特别是在妙玉是"反转"第一人、司棋的"注意查收"字样上都有提醒，体现了年轻人的网络敏感度和现代意识，为青春主题的确立定下了基调。

除此，夏成蹊还操笔撰写了"缟仙扶醉跨残红""飞花聊聊入轻梦"等部分文稿。

第二部分，当"你问……""为谁……"出现时，文本人物现代和在场意识鲜活感，跨时空对话又消解了红楼人物与当代人的时空隔阂。

第四部分"飞花聊聊入轻梦"中"青春与赞美诗"活泼、热情，宛如一缕阳光，照亮着周边。

他山之石，可以攻玉。

在此特别致谢夏成蹊同学！

在此也特别致谢为书稿付出劳动的泰山管委会青年学人赵吉健。

特向成书过程中所有支持的朋友、同仁致谢！

2023 年 7 月 7 日